政略結婚の顛末
～姫が人狼王子に嫁いだら？～

Aoi Katsuraba
桂生青依

Honey Novel

Illustration

なま

CONTENTS

政略結婚の顛末 ～姫が人狼王子に嫁いだら？～

「この辺りにしましょうか」

温暖な気候と豊かな土地に恵まれたテュール王国。

『大陸の宝石』と呼ばれるこの国の王宮の一角、東の庭にある一番大きな木の側で足を止めると、アリアは振り返って言った。

その右手を繋いでいるのは、妹のニーナ。そしてニーナと手を繋いでいるのは弟のレイだ。

二人が「うん」と頷くのを確認すると、アリアは木陰に腰を下ろし、持っていた絵本を開く。

向かいに座った二人は、期待に満ちたキラキラとした瞳でアリアを見つめてきた。

アリアは、今年で十七歳。テュール王国の現王ガリオス二世の長女――つまりこの国の第一王女だ。

すらりとした上品な肢体に、亡き母譲りの長いプラチナブロンドの髪、形のいい鼻に、果実のような唇、そして宝石を思わせる青い瞳が印象的だ。

肖像画を描いてくれた画家や顔を合わせる貴族の子弟たちはみな、そんなアリアを美しいと讃えてくれたけれど、アリアにしてみれば、自分の読み聞かせに一喜一憂している妹や弟の方がよほど綺麗で可愛らしいと思う。

三人の母であるこの国の王妃・アリシアが死んで、三年。その日から、アリアはこの年の離れた妹弟たちの親代わりも兼ねている。こうして本を読み聞かせる時間は、アリアにとっても二人にとっても、とても大切に感じている時間だった。

爽やかな風が吹き抜ける木陰のもと、アリアが臨場感たっぷりに絵本を読んでいると、二人はいつしか引き込まれるように、ますます身を乗り出してくる。

「――すると、魔法使いは雲の上から言いました。『ではお前たちのうち、正直な者を助けるとしよう』」

「しょうじき、ってなあに?」

やがて、物語が佳境にかかると、弟のレイが不思議そうに尋ねてくる。

アリアが応えるより早く、

「嘘をつかないひと、ってことよ」

レイよりも二つ上、今年で七歳になるニーナが応えた。

「そうなの?」

確かめるように訊いてくるレイに、アリアが「ええ」と頷くと、ニーナは得意そうな顔を見せる。

このごろは「アリアの妹」から「レイの姉」になろうとしているニーナだ。その成長ぶりとおしゃまな表情に、アリアは思わず微笑みを零した。

本当に可愛い妹たちだ。

それに——今日は。

(なんだか特別気持ちがいい日だわ)

アリアは本を閉じて深く深呼吸すると、ゆっくりと空を見上げた。瑞々しく広がった枝葉の隙間から見えるのは、抜けるような青空だ。

ふうっと満足の息をつき、遠くへ目を向けると、流れる雲を見つめる。母が生きていたころも、こうしてよく空を眺めた。この国の美しい景色に感謝しながら。

「ねえねえ、ねえさま、続きは？」

すると、レイが続きを促すように、くいくいとアリアのドレスを引っ張る。アリアは小さく苦笑すると、再び絵本を開く。

「ああ——そうね。ごめんなさい。いい天気だからついぼうっとしていたわ」

そして再び読み始めようとしたとき。

「姫さま。アリアさま！」

どこからか、アリアを呼ぶ声がした。

声の方に顔を向ければ、乳母のナフィナが大きな身体を揺らしながらやってくるのが見える。しかも、ほとんど走るような早足だ。

今年で五十歳になる彼女は、アリアのことを本当の子供のように世話してくれている。母からの信頼も篤かったし、もちろん、アリアも大好きだ。彼女のおかげで、母を亡くしたあとも長く寂しさに沈まずに済んだ。

話し好きで陽気で、どちらかといえばじっとしていないたちの彼女だが、こんなに慌てているのは珍しい。

「どうしたの、ナフィナ」

息を切らしてやってきたナフィナを不思議に思い、アリアが尋ねると、彼女はまだ息の整わないまま言った。

「陛下がお呼びです。急ぎ、部屋に来るように、と」

「お父さまが？」

「はい。お急ぎくださいませ」

「……わかったわ」

返事はしたものの、アリアの頭の中では疑問符が回り続けていた。

この時間はまだ仕事をしているはずの父が、急に自分を呼ぶとは珍しい。

とはいえ、呼ばれれば行くしかない。アリアは訝しく思いつつも、妹と弟に「あとでね」と言い置くと、父の部屋を目指す。

「お父さま、アリアです」

やがて部屋の前に着き、ノックの返事を待って入った瞬間。

思わず足が止まった。

重たいような張り詰めたような空気を感じたのだ。それはどこか怖くなるほどで、一瞬、息をすることも忘れてしまう。

父王の表情も気のせいか硬い。アリアは息を詰め、ソファに座っている父にそろそろと近づいた。

「お父さま……お呼びと聞いて参りました。いったい何が……？」

窺うように、静かに尋ねる。

すると父・ガリオスは、ふうっと大きく溜息をついてアリアを見る。弱く微笑んだ。

「すまなかったな、急に呼び立てて。ニーナやレイの面倒をみてくれていたのだろう？」

「本を読み聞かせておりました」

「そうか。二人とも喜んでいただろう。お前はアリシアに似てよい声だからな」

亡き母をしのぶように言うと、ガリオスは再び微笑む。だがその微笑みは、弱々しいものだ。

優しく穏やかな父だが、こんな表情を見せることはなかった。いったい何が……とアリアが心配になったときだった。

「実は、お前に話がある」

ガリオスが絞り出すような声で言った。

「なんでしょうか、お父さま」

ただならない気配だ。それでもなるべく普通に聞き返すと、ガリオスはふうっと息をつき、思い切るようにして言った。

「お前の縁談の話だ」

「……!」

アリアは息を呑んだ。

ああ、とうとう——。

そんな想いが胸を巡る。

この国の王女として生まれ、物心ついてからというもの、アリアは折に触れて「このとき」のことを考えていた。

数年前に母を亡くしたとはいえ、優しい父と妹や弟、乳母や侍女たち、そして友人たちと、何不自由のない生活を送ってきた自分。

けれど、自分はきっと普通の女性たちとは違う結婚をしなければならないだろう、と。

それは、自分に課せられている義務なのだから、と。

アリアは、まっすぐに父を見つめる。顔を曇らせている父を励ますように、ことさら微笑んで言った。

「お父さま、そんな顔をなさらないでください。わたしは、わたしがどうすべきなのかわかっています」

「アリア……」

「それが王女としてのわたしの務めなのでしょう？　ならば喜んでお父さまやこの国のためにお嫁に行きます。ただ…いくつか伺ってよろしいでしょうか。お相手は、どなたでしょう」

「結婚相手は、ジーグ王子だ。西の山向こうのデルア平原を越えてさらに山一つ越えたところにあるデルグブロデの王子で、お前よりも八つ上だ」

「ジーグ王子……。デルグブロデといえば、確か山間（やまあい）にある、あの」

「そうだ。我が国に比べれば小さな国だが歴史は長い。そしてそれほど長く国を保てたのは他の国の侵略を許さなかったためだ。つまり――あの国は強い兵力を持っておる。それは、常に隣国に脅かされているこの国にとっては、ぜひとも得たいものなのだ」

「それで、かの国の王子と結婚を…ということなのですね」

静かに話す父に、アリアは深く頷いた。

無邪気にドレスの色やお菓子のことばかり考えていた子供のころならいざ知らず、今は国の事情もわかり始めている。この国は、豊かであるが故（ゆえ）に周囲の国との大小の争いが絶えない。

北のヴォガザールに、南のライラーテ。特にヴォガザールとは、昔からしばしば小さな戦（いくさ）

が起こっている。

周りの人たちはアリアにはそうした危険を知らせないようにしているようだが、雰囲気というものはどうしても伝わってくるものなのだ。

今は平和だが、それはあくまで「今」。何がきっかけで大きな戦になるかわからない。

ガリオスがぎゅっとアリアの手を握りしめた。

「お前には、よい伴侶を見つけてやるつもりだった。亡き王妃アリシアの分までお前を幸せにしてやろうと思っていたのだ。それなのに、このような形でお前を嫁に出すことになるとは……。ふがいない父ですまぬ、アリア」

項垂れるようにしてガリオスは言うと、さらに強くアリアの手を握りしめる。

アリアはその手を握り返すと、静かにひざまずく。そして王を見上げてきっぱりと言った。

「お父さま。わたくしは、喜んでジーグ王子のもとに参ります」

「アリア――」

「わたくしの結婚でお父さまのお役に立てるなら――この国の役に立てるなら、これほど嬉しいことはございません。亡きお母さまも、きっと喜んでくれていると思います。今まで育てていただきありがとうございました」

「おお――アリア」

アリアの言葉に、ガリオスは大きく顔を歪め、声を上げる。

悲痛な表情だ。アリアは「大丈夫です」と頷いた。

まったく不安がないわけじゃない。それでも、これは自分の務め。そして自分にしかできないことだ。

「これも何かのご縁です。国のための結婚でも、きっと、ジーグ王子と仲良くなれますわ」

アリアは父を見つめると、微笑んで言う。しかしそれでも、王の顔は晴れないままだった。

◆
◆
◆

それからは、あっという間だった。

隣国との関係悪化はアリアが思っていたよりもずっと深刻だったらしく、「一日でも早くジーグ王子と結婚を。一日でも早くデルグブロデと同盟を」という家臣たちの声に押されるように、嫁ぐための支度が慌ただしく進められていった。

その性急さは、父や妹、弟たちと別れを惜しむための時間も満足になかったほどで、アリアは父から結婚の話を聞いて一週間後には、デルグブロデに随行する数人の従者や侍女、そして嫁入りの道具を持って、警護の兵たちとともに忙しなく王宮をあとにすることとなった。

話では、デルグブロデの領内までは馬車で三日ほどかかるらしい。

長旅は初めてで不安もあったが、アリアは努めてそれを顔には出さないようにした。

自分が不安がっていたことが誰かの口から父に伝われば、父はこの結婚を後悔してしまうだろう。

そんな思いはさせたくなかった。

アリアにとっては優しい父だが、同時に、一国の王として重い責任を担っていることは、アリアもよく知っていることだ。

それに、見方を変えればこれも新鮮で価値のある経験だ。

（そうよ）

アリアは窓の外を眺めながら、胸の中で呟(つぶや)いた。

こんなことでもなければ見ることがなかった景色を、今見ている。

庭の木々の香りよりもずっと濃い緑の香り。森の香りを感じている。これからも、こんな新しい発見がいくつもあるだろう。

森の中に天幕を張ってそこに泊まることも、こうした長旅がなければ経験しないままだったに違いない。

（ああいうのは、ニーナもレイも好きそうね）

半日として離れたことのなかった妹や弟のことを思い出し、アリアは胸の中で呟いた。

充分に別れを惜しむ時間もなかったけれど、二人はアリアのことを覚えていてくれるだろうか。

一緒に遊んだことを、本を読んだことを覚えていてくれるだろうか？

いずれ、デルグブロデに二人を呼ぶことはできるだろうか……。

アリアがぼんやりと考えていたとき。

不意に、ガタンと音を立てて馬車が止まった。

「!? きゃっ――！」

その衝撃に、身体が大きく揺れる。

と同時に、周囲が俄（にわか）に騒がしくなった。

「ナフィナ、いったい――」

不安に駆られ、アリアは青くなりながら向かいに座っていたナフィナに助けを求める。彼女の身体も、今の衝撃で座席からずり落ちている。それでも彼女はアリアの手を取ると、励ますように強く握って言った。

「大丈夫です。大丈夫ですから、姫さまはこのままこちらに。わたしが様子を見て参ります」

そして神妙な顔で言うと、

「くれぐれも、馬車からお出になりませんように。外もご覧になりませんよう。隠れていらしてくださいませ」

切迫した声で念を押し、そろそろと馬車から出る。

一人になり、アリアは不安が募るのを感じた。気づけば、脚が震えている。

(落ち着いて――)

アリアは必死に、自分に言い聞かせた。

何が起こったのかわからないが、警護の兵もいる。大丈夫だ。きっと何か――ただの事故だったに違いない。木が倒れていたとか、思いがけず道が悪かったとか、それだけのことに違いない。

それに、このまま国境の辺りまで行けば、今度はデルグブロデから迎えの人たちが来てくれるはずだ。

――心配ないわ。

アリアはぎゅっと両手を握りしめると、繰り返し自分に向けて言う。

しかし次の瞬間、外の騒ぎがさらに大きくなり、思わず耳をそばだてた。

たくさんの馬の声と蹄(ひづめ)の音。そして大勢の人たちの気配と話し声が伝わってくる。

囲まれているような様子に、アリアは背が冷たくなるのを感じた。アリア自身は目にしたことはないが、世の中には山賊や野盗の類(たぐい)もいると聞く。

みな大丈夫だろうか? ナフィナは?

戻ってこない彼女が心配になり、迷ったものの、アリアは様子を見ようと馬車の扉に手を伸ばす。

しかし、開けようとした寸前、がちゃりと、そこが開いた。

はっと息を吞んで見上げる。するとそこには、一人の背の高い男が立っていた。

「お前がアリア王女か」

目が合った瞬間、声が響いた。

それは朗として、まっすぐに届く声だ。

堂々としていて聞きやすく、なめらかで、しかしどこか高圧的な声音だ。

そして男の貌は、その美声にふさわしい端整なものだった。

黒い髪に、青みがかっているようにも見える、不思議な灰色の瞳。形のいい高い鼻に、引き締まった口もと。シャープな頰のライン。

上品さと同時に精悍さを湛えた、美形と言ってなんの差し支えもない面差しだ。いや——アリアはいまだかつて、こんなに整った貌の男を見たことがなかった。

体格も均整が取れ、簡素な服装の上からでも俊敏そうなしなやかな肢体の様子が窺えるようだ。

王宮にたびたび訪れる貴族の伊達男たちとはまったく違う、野生の俊敏な獣のような雰囲気。

ぴんと張り詰めたような緊張感のある佇（たたず）まいに、アリアは声をなくす。

（誰……？）

見つめたまま動けずにいると、男はふっと笑う。

不敵な笑みだ。だがそうすると、どこか子供っぽくもある。

次いで男は、頭のてっぺんから爪先（つまさき）まで確かめるかのように見下ろしてきた。検分するようなその視線に、アリアは真っ赤になる。

生まれたときから人に囲まれ、見られることには慣れているつもりだったのに、彼に見られていると思うと落ち着かない。

ドキドキし始めた胸を抱えたまま、それでもアリアは男を見つめ返す。

すると男はアリアを見つめたまま、やがて、口を開いた。

「俺はジーグだ。デルグブロデの王子、ジーグ。お前を伴侶として迎える者だ」

「ジーグ王子……！」

慌てて馬車から降りると、アリアはドレスを広げ、正式な礼をした。

「初めてお目にかかります。アリアと申します。どうぞよろしくお願いいたします。ところでこれはいったい――」

「よろしく――か。国のためとはいえ、顔を見たこともない男のところに嫁ぐ女などと、よろしくやる気はないがな」

「！」

思いがけない冷たい言葉と声に、アリアが瞠目したとき。

「ひ、姫さまになんということを！」

様子を見に行っていたナフィナが、声を上げながら駆け戻ってくる。

彼女は転がるようにしてアリアの傍らに来ると、礼を取りつつもジーグを睨む。

アリアは苦笑すると、「いいのですよ、ナフィナ」と彼女を抑えた。

改めて辺りを見れば、そこにはアリアの一行たちの他、二十人ほどの騎馬兵がいる。ジーグが連れてきた手勢——つまりデルグブロデの兵たちだろう。噂に聞いていたとおり、強そうな兵だ。

だが、ジーグはいったいどういうつもりでここに来たのだろう？

もう国境近くとはいえ、まだ王都までは丸一日ほどの距離がある。まさか王子である彼が迎えに来てくれたとは思えないが……。

考えていると、

「どうした」

ジーグの声がした。

「やはり考え直すか？　結婚はやめておくか」

彼は、どこかからかうように尋ねてくる。

アリアははっと我に返ると、ジーグを見つめる。そしてにっこりと微笑んだ。

「確かにわたしは、殿下の顔を今、初めて拝見いたします。ですが、わたしが初めてということは、殿下も同じはず。ならば顔を見たこともない者同士、これから互いを知っていけばいいのではないでしょうか。それに今、こうしてお会いできました」

「！」

すると、ジーグは驚いたように目を瞬かせる。ややあって、

「……変な女だ」

ぼやくように呟くと、目を眇め、改めてじっと見つめてくる。

圧力を感じるほどの視線だ。服を着ているのに、まるで裸にされているような気がする。

耳がじわりと熱くなるのを感じたとき。

「きゃっ――」

突然、その身体が宙に浮いた。

ジーグに抱き上げられたのだ。

「姫さま！」

ナフィナが狼狽の声を上げる。しかしその直後、

「騒ぐな！」

ジーグが、それを一喝した。

彼はアリアを抱き上げたままナフィナを見下ろすと、冷たい口調で言う。

「騒ぐな。城に連れ帰るだけだ。どうやら、この女はよほど俺と結婚したいらしいからな」

「っ…そ、そんなおっしゃりようは――それに――」

「とにかく俺が連れ帰る。結婚相手である俺が連れていくと言うのだ。お前がこの女のなんなのかは知らぬが、口を挟むな」

さらに言うと、歯噛みするような表情を見せているナフィナをよそに、ジーグはつかつかと馬へ近づいていく。

彼の馬なのだろう、栗毛の美しい一頭だ。乗せられている鞍にも見事な細工が施されている。

そのまま、ジーグはアリアを馬に乗せると、自らもまたそれに跨った。

「馬車よりもこちらの方が早い。この女は俺が先に連れていく。お前たちはあとからゆっくり来るといい」

そして、まだ不安そうな顔をしているナフィナや侍女や従者たちにそう言うと、

「ハッ！」

慣れた様子で馬の腹を蹴り、進み始める。

馬上のアリアは背後からジーグの胸の中にすっぽりと包まれているような格好だ。その格好のまま、なんとか背後を振り返ると、今まで一緒に旅していた人や馬たち、馬車の姿がみ

るみる小さくなるのが見える。

——一人きりになってしまった。

生まれて初めてのことに、不安を覚えたとき。

「じっとしていろ、落ちるぞ」

背後から声がしたかと思うと、ジーグが抱きしめてくる。

途端、彼と密着していることを意識してしまい、アリアは一気に頬を染めた。

違う。違う。

抱きしめられたんじゃない。

背後に座るジーグは、ただ手綱を持ち直しただけだ。そしてアリアが落ちないように、気をつけてくれただけ。それだけのことだ。

アリアは熱い顔を隠すように下を向くと、そう頭の中で繰り返す。

けれど狭い上に揺れる馬上では、絶えず彼と身体がぶつかり、そのたび、頬はますます熱くなってしまう。否——頬どころか、耳まで熱い。

「あ、あ、あ、ぁの……っ」

初めての経験に戸惑い、気を紛らわせたくて、アリアは声を上げた。

「あ、あの…殿下はどうして、こんなところまで……」

「……」

「迎えが来ることは聞いていました。けれどまさか殿下御自らいらっしゃるとは思っていなくて……」

「顔を見てみたかっただけだ」

「わたしの、ですか？」

「ああ。親や国のために俺なんかと結婚しようという女の顔をな」

そう言うと、ジーグはクッと笑う。

アリアはそろりと肩越しに振り返ると、ジーグの表情を窺った。揶揄するような嗤いの表情を浮かべている。

そういえば、さっきも同じようなことを言っていた。

彼はこの結婚が嫌なのだろうか……？

俄に不安になる。この結婚が上手くいかなければ、父や国は窮地に立たされるに違いない。

アリアはおずおずと、ジーグに尋ねた。

「殿下は、この結婚がお嫌なのですか……？」

「結婚に嫌も好きもない。仕事だ」

「ですが、さっきから――」

「そうだ。だから俺と同じように『仕事』として結婚をしようという女はどんな顔か見に来たのだ。くだらぬ結婚をしようという、くだらぬ女の顔を見にな」

「わたしは……」

そんなつもりじゃない。

そう言いたかったけれど、聞く気がなさそうなジーグの気配を感じると、口は重くなってしまう。

仕方なく、アリアは辺りの景色に目を向けた。

山間を縫って続く道だからか、どこを見ても木と山肌だが、それでも初めて見る景色は見飽きないものだ。心なしか、木々の色合いもテュールとは違う気がする。

馬の上からの景色で、普段とは視線の高さが違うせいもあるのだろう。

それまで馬に乗ったことのなかったアリアだが、不思議と怖くはなく、むしろ楽しい。生き物の温もりが直接、身近に感じられるその気持ちよさに、ついついわくわくしていると、

「ずいぶんきょろきょろするのだな。森なのだからどこを見ても木だろう」

訝しそうにジーグが言う。アリアは苦笑した。

「確かにそうですけど…でも楽しいのです。わたしは、王宮からあまり出かけませんでしたので、外の景色を見るのは楽しくて。それに、この国に来るのも初めてですし、馬に乗るのも初めてなので」

「馬も初めてか」

「はい」

「怖くないのか」

「平気です！　気持ちがいいです。温かで」

素直に言うと、ジーグは少しの間ののち、

「……変な女だ」

再び、ぽつりとそう呟いた。

◆　◆　◆

そうして馬車とは比べものにならない早さで辿り着いたデルグブロデの城は、大きさこそさほどではないものの、素朴さの中に力強さのある、質実剛健といった城だった。堅固さの中に美しさが感じられるさまは、今まで住んでいた王城とはまったく違う雰囲気だ。

(本当に、違う国にやってきたんだわ——)

アリアは自分が故郷を離れたことを噛みしめる。

「素敵なお城ですね」

辺りを見回しながら、アリアは率直に言ったが、ジーグからの返事はない。つれない彼の様子に、アリアは寂しさを感じずにいられなかった。

城に着く少し前、王都に入ったときに、その街並みについて感想を述べたときもそうだ。放射状に整えられた道や、至るところに花が植えられた街並みは初めて見る美しさで、アリアはつい興奮して声を上げてしまったけれど、ジーグは聞いているのかいないのかわからない様子で、無言で馬を進めていた。

(嫌われているのかしら……)

ジーグの横顔を見ていると、不安が募る。

結婚は好きでも嫌いでもないと言っていたジーグだが、アリアのことは「くだらぬ女」だと言っていた。

嫌われて、いるのだろうか。

今まで会ったこともなかった相手なのだから、無条件に好かれると思っていなかったとはいえ、嫌われているのだと思うと、込み上げてくる悲しさで、胸が切なくなる。

しかもここは初めて訪れる、慣れない土地だ。頼る人もいない。

(わたし、大丈夫なのかな……)

考えれば考えるほど、不安が増す。せめて一言声をかけて欲しい、とジーグを見るが、彼はわざとなのかたまたまなのか、アリアと目を合わせようとしない。

そんな不安や心配が、知らず知らずのうちに体調に影響してしまったのだろうか。

乗っていた馬から下ろされた、その途端。

「あ……」

不意に目眩を覚え、アリアはふらついてしまった。

「おい!?」

咄嗟にジーグが支えてくれなかったなら、そのまま倒れていただろう。アリアはジーグに抱きかかえられたまま、慌てて「申し訳ありません」と謝った。

「申し訳ありません、殿下。大丈夫です」

「……」

しかし、腕はまだ離れない。

アリアは狼狽えつつ、

「殿下、あの…大丈夫です」

再びそう繰り返した。

一旦はおさまっていたはずの頬の熱が、またぶり返してくる気がする。しかし次の瞬間、

「あっ」

アリアの身体は、再びジーグに抱き上げられていた。

「だ、大丈夫です、殿下!」

「いいからおとなしくしていろ。お前の部屋まで連れていく。疲れなのか馬に揺られて酔ったのかは知らぬが、また倒れられては困る」

「でも——」

頬がますます熱くなる。抱き上げられているだけでも恥ずかしいのに、今は城の人たちが見ている。輿入れしてきたとはいえ、まだ結婚前だ。なのにこんな……こんな恥ずかしい格好が城の人々の目にさらされてしまうなんて。

ついさっきまで感じていた寂しさや悲しさも吹き飛ばしてしまうほどの恥ずかしさだ。アリアは隠れるように、ジーグの首筋に顔を埋めた。

途端、甘いような艶めかしい香りがして、一層頬が熱くなる。

心臓の鼓動もぐんぐん速くなる。それに気づかれるのが怖くて、アリアはつい身を固くしたが、ジーグはそんなアリアの動揺など関係ないといった様子でどんどん城の中に足を進めていく。

案の定、すれ違う人たちはみなジーグに対して頭を下げ、そしてアリアに対してはちらちらと興味深そうな視線を投げてくる。だが、そうして城の奥の奥へ進んでいたとき。

不意に、ジーグが歩みを止めた。

どうしたのだろうかと、アリアもふっと顔を上げる。すると廊下の少し先の辺りに、一人の男の子が立っているのがわかった。

ふわふわとした金の髪。大きな瞳。歳は六つくらいだろうか。弟のレイを思わせる可愛らしい子だ。つい見とれていると、不意に彼がこちらを向く。

目が合ったと思ったその瞬間、

「にいさま！」

男の子は嬉しそうに声を上げて駆けてきた。

（にいさま？）

その言葉に、アリアは目を瞬かせる。

すると、すぐ側までやってきた男の子は、屈託なくにっこり笑った。愛らしい表情に惹かれると同時に、今の自分の格好を思い出し、アリアは真っ赤になる。

慌てて顔を隠しかけたアリアの耳に、ジーグの声がした。

「……何をやっているのだ、アルチェ。こんなところで」

「にいさまのおよめさまをみにきたのです！　ずっとおあいしたかったんです！」

するとアルチェと呼ばれた少年は、弾む声で言う。

そっと見ると、再び目が合い、アリアは慌ててジーグに早口で言った。

「殿下。やはり下ろしていただけませんか。こちらの方は殿下の弟君…なのですよね？　きちんとご挨拶を――」

「必要ない」

「殿下！」

「今は必要ない。お前のことは、あとでちゃんと紹介する。もとからそのつもりだったのだ。なのにお前はわざわざこんなところまで……」

最後の言葉は、アルチェに向けられたものだ。だがアルチェは、にっこり笑った。

「だってまちきれなかったのです。きれいでかわいらしいかたがくるんだろうなあって」

そしてアルチェは、アリアを見て一層にこにこ笑う。とろけるような可愛らしい笑みだが、返答に困ってしまう。

アリアが惑っていると、

「それよりそこにいるなら、部屋のドアを開けてくれ。この女を早く休ませたい」

ジーグが言う。アルチェは慌てたように「うん！」とドアを開ける。

「びょうきなの？」

心配そうに声を上げるアルチェに、ジーグは「いや」と短く言うと、そのまま部屋に入り、広いそこを横切りアリアをベッドに下ろしてくれた。

大きなベッドはふわりと柔らかい。シーツからは、清潔ないい香りがする。

疲れていないつもりだったが、こうして横になると身体が緊張していたことがわかる。

静かに首を巡らせ、改めて部屋を見れば、そこは城の外観と似た印象の、素朴で温かな設（しつら）えだった。

草木の模様が描かれた落ち着いた色味の壁紙に、艶のある腰板。華美ではないが、長く大切に使われてきたのだとわかる調度の数々に、丁寧に磨かれた床や窓。寝台や照明も、この国独特の細やかな意匠が施されていながらもどこか懐かしさを感じさせるデザインで、ここにいるとそれだけでほっとできる気がした。

初めて訪れた場所にも拘わらず、心惹かれるものを感じ、アリアは胸の中で感嘆の声を上げる。

するとそんなアリアを見下ろしたまま、

「すぐに侍女が来るだろう。それまではここでおとなしくしていろ」

ジーグが言った。

「いいな。おとなしくしていろ。お前は自分のことをどう思っているか知らないが、倒れる程度には疲れているのだ。わかったら言うことを聞け。嫁いだ早々、これ以上迷惑をかけるな」

「はい……」

まるで叱られているようだが、彼の言うとおりだ。

倒れたのは必ずしも疲れのせいだけではないにせよ、到着したその瞬間から周囲に心配をかけてしまうなんて。

自分の失態を思い出し、アリアが顔を曇らせる。と、その直後、

「ぼくもいていい？」

アルチェが無邪気な声を上げた。

だがすぐに「だめだ」とジーグの声が続く。

「子供とはいえ、男のお前を花嫁と二人きりにできるわけがないだろう」

「え〜」

「そんな声を出してもだめだ。ほら——行くぞ」

ジーグはきっぱり言うと、アルチェの頭を撫で、彼の手を引いて部屋を出ていこうとする。

微笑ましい光景だ。だがアリアは自分の頬がじわりと熱くなるのを感じていた。

『男のお前を花嫁と二人きりにできるわけがないだろう』

今のジーグの言葉が何度も頭の中を巡る。

彼にとってはなんでもない言葉だったのだろう。だが今までそんなことを言われたことがなかったせいか、アリアはどうしても照れてしまう。

自分は彼の花嫁なのだと思うと、胸がドキドキして、そこに甘酸っぱいものが満ちていく。

苦しいような、切ないような、じっとしていられないような胸の疼きに、アリアは思わずぎゅっと布団を摑み、顔を隠そうとする。しかしその寸前、そんなアリアを、ジーグがじっと見つめていることに気づいた。

しかもなんだか真剣な貌だ。怒っているようにも感じられる眼差し。

――どうして？

何か変なことをしてしまっただろうか。

アリアは固まってしまう。

しかしよくよく見れば、ジーグは真剣な面差しでありつつも、どこか心ここにあらずといった様子だ。横になっているアリアを見つめているものの、その表情はどこかぼうっとしているようなものに見える。

ひょっとして、彼も具合が悪いのだろうか。

思わずアリアが起き上がったときだった。

「にいさま？　どうしたの？」

アルチェが声を上げ、ジーグの服を引っ張る。

途端、彼ははっと夢から覚めたように、幾度も目を瞬いた。

「いや――なんでもない」

そして素っ気なく言うと、気を取り直すように髪を掻き上げる。

だが本当に、何もないのだろうか。

気になって、アリアはジーグの様子を窺う。彼は一瞬、戸惑うようにびくりと慄いたが、やがてじっと見つめ返してくる。

その視線に、アリアは胸が、身体がじわりと熱くなるのを覚えた。

どうしてだろう？

彼のこの青みがかった灰色の瞳に見つめられると、そわそわして落ち着かなくなってしまう。会ったときからずっとそうだ。今までこんなことはなかったのに。

だが結局、彼はしばらくアリアを見つめると、何も言わずふいと顔を逸らしてしまう。そしてアルチェの手を取り、そのまま出ていってしまった。

残されたアリアは、閉じた扉を見つめることしかできなかった。

アリアの部屋を出てアルチェを乳母に預け自分の部屋へ戻ると、ジーグは荒々しく髪を掻き上げた。
落ち着かない。落ち着けない。
あの女を見ていると——あの女の側にいると、イライラするような、ソワソワするような、上手く言葉にできない感情が胸の中で渦を巻き、らしくなく動揺してしまう。戸惑ってしまう。

最初に見たときは、ただの女だと思っただけだった。少しばかり綺麗な顔立ちの女。大切に育てられたのだと一目でわかる物腰の、いかにも政略結婚に使われそうな女だ、と。

なのに――。

ジーグは唇を噛む。

なんなのだ。

なんなのだ、あれは。

あの女は。

あの女の、甘い香りは。

「っ……」

呻（うめ）くような声を上げると、ジーグは髪を掻き上げる。二度、三度、四度。

そのままうろうろと部屋を歩き回る。落ち着かない。落ち着けない。何をしても。

もうあの部屋から離れたのに、あの女から離れたのに、まだあの甘い香りがまとわりついている気がする。どこかに残っている気がする。

最初に見たときは、ただの女だと思ったのだ。なのに一緒にいる時間が増えるほどに、なぜか興味を引かれてしまう。長い睫（まつげ）に縁取られた澄んだ大きな瞳や、果実のような瑞々しい唇。少しばかり綺麗なだけだと思っていた顔立ちも、表情がくるくると変わって見飽きない。

それに、あの――香り。

あの香りはなんなのだろう？

鼻腔の奥から脳髄をとろかすような、うっとりと引き込まれそうになるあの香りは。

（初めてだ、あんな香りは）

考えてみてもわからず、ジーグは小さく舌打ちすると、部屋の窓を開け、乱れた髪をまた掻き上げる。

途端、ぎょっとした。

「嘘だろう」

思わず声を上げてしまう。

手に、「耳」の感触があったのだ。

慌てて鏡を見ると、人間の耳の他、髪の隙間からもう一つの耳が——獣の耳が見えている。狼の耳。もう完璧に隠せるようになっていたはずの耳が。

「……」

ジーグは呆然と自分の姿を見つめる。

あり得ない。

物心ついたときにはもうきちんと隠せるようになったのに。今までこんなことはなかったのに。

まじまじと自分の姿を見つめると、改めて耳を隠そうと意識する。だができない。

ジーグは何度かそれを試すと、やがて、諦めるように大きく息をついた。

いったいどうしてなのか、耳は出たままだ。だがどうせこの部屋には今自分一人だ。窓の向こうは森。誰からも見られることはない。否、より正確に言えば、「あの女」から見られることはない。

ならばこのままでいい。今はなぜか耳が隠せないが、いずれなんとかなるだろう。あの女にさえ見られなければそれでいいのだ。この国の者には別に見られても構わない。

ジーグが人狼だということは——国民みなが知っていることなのだから。

そう——。

ここデルグブロデは、人狼たちの暮らす国だった。普段はみな人の姿で暮らしているため、国外にそれが知られることはないが、王族や貴族はもちろん、市井の者の中にもその血は流れている。山間の小さなこの国が、今までどの国にも征服されずに続いているのはそのためだ。戦闘力に長けた人狼が治めているからだった。

過去には正体がばれて迫害を受けたこともあったが、その国は結局、デルグブロデが滅ぼした。そしてそれ以降はみな、努めて正体を隠して暮らし続けている。滅多に狼の姿にならないことはもちろん、耳や尻尾をちゃんと隠せるようになっている大人たちは、子どもが迂闊にそれらを見せないように常に注意していたし、だから交易や旅の途中でこの国に立ち寄る者たちにはまず気づかれないまま年を経てきたのだ。

結婚も、通常ならば王族たちのそれは国内の貴族たちとの間で行われていた。ジーグの両親も、その両親もそうだ。

だがそれを繰り返せば血が濃くなりすぎる理由から、数世代おきに、外からの血を求めることがあった。ジーグはたまたまその世代に当たり、そのため、よその国からの花嫁を迎えたのだった。どの国の姫と結婚しようかと考えていたところに、たまたま話が持ちかけられた、テュールの王女を。

つまりこれは、完全な政略結婚だった。強い国との同盟を求めるテュールと、新鮮な血筋を求めたデルグブロデの。

それだけのはずだった。

それなのに。

ジーグは再び窓辺に戻ると、いつしか熱くなっている身体を冷ますように、静かに壁に身を預けた。外を眺めていると、風に乗って森の香りが届いてくる。木々と土の香り。落ち着く香りだ。

気がつけば、獣の耳ももうおさまったようだ。

ジーグは頭に触れて確かめると、ふうと息をついた。

そう――これが正しい。

耳を隠すことも尻尾を隠すことも、逆に狼の姿になることも、完璧にコントロールできていたはずなのだから。

それなのに、「いつの間にか」耳が出ていたなんて。

初めてだ。

あり得ない。

調子が狂う。

ジーグは眉(まゆ)を寄せた。

(ひょっとして、あの女が「そう」なのか?)

話には聞いたことがある。

心から愛しあい、真のつがいになる相手は、香りでわかるらしい、と。

だがそんな相手と会えるかどうかなどわからないし、そもそもジーグは王族だ。そんなことには関係なく結婚するのだと思っていたのに。

「まさかあの女は『そう』なのか?」

ジーグは再び、今度は声に出して呟く。

そんな偶然、あるのだろうか。

たまたま巡ってきた結婚の話。その相手が、運命の相手だなんて。

「はっ」

直後、ジーグは乾いた声を上げて笑った。

まさかそんなわけがない。そんな幸運あるわけがない。

だが――。

ジーグはふっと扉に目を向けると、その向こうの向こう――つい数分前まで自分がいたアリアの部屋を思った。そして彼女のことを。

国のために嫁いできた女。だからどんな女か見に行った。自分の意思などなく、ただ両親に諭されて嫌々嫁いできたに違いない女は、いったいどんな女なのだろう、と興味があって。自分と同じように、感情など関係なく他人と肌を合わせようとする女は、どんな女なのかと気になって。

けれど彼女は、想像していた者とはまったく違っていた。

屈託なく笑って、脅かそうとしたのに興味を持って。そしてこちらをまったく警戒していない。

馬鹿なのかと思ったが、そうではないようだ。ただ単に、馬鹿のように素直なのだろう。

だからアルチェも懐いたのだ。

『かわいらしくて、きれいなひとですね、にいさま』

部屋へ連れていくとき、アルチェが楽しそうに言っていたのを思い出す。

いつになく嬉しそうだった。

やんちゃだが、人見知りする子なのに、アリアには懐く様子を見せていた。

とにかく、不思議な女のようだ。

「柔らかだったな、そういえば」

窓から見える森。あの森を越えて迎えに行き、連れてきた女。馬に乗せて。触れた彼女の身体は柔らかでしなやかだった。銀色の綺麗な髪。そして何よりあの青い瞳だ。くるくるとよく動いて見ていて飽きない。見るたびきらめきを変える宝石のように。

さらにはあの――香り。

「っ……」

思い出すと、また身体が熱くなるようだ。

自分で自分がコントロールできないことに、ジーグがちっと小さく舌打ちしたとき。扉がノックされた。

「失礼いたします、殿下――」

入ってきたのは、側近中の側近であるロワールだ。彼はジーグの乳兄弟（ちきょうだい）で、政（まつりごと）の相談相手であると同時に、王城の警護も担当している。

彼は一礼すると、ジーグに数枚の紙を差し出した。

「来週のご結婚の折の警備体制の件で、いくつか変更の箇所がございます。ご確認くださいませ」

「わかった」

「姫さまはすでに城にお着きだとか。急ぎ女性を警護につけますが、かの国の方でも何か考えているのでしょうか」

「さてな。だがこの城の中でのことは、こちらのやり方で構わないだろう。任せる」

「畏まりました」

ジーグの言葉に恭しく頭を下げると、ロワールは「では」と部屋から出ていこうとする。

「――ロワール」

そんな彼を、ジーグは引き留めた。

振り返るロワールを見つめ、やや言いよどむと、やがて、ジーグは尋ねる。

「この結婚は、我が国のためになるものだな」

「はい。もちろんです。何か、ご心配なことでも」

「いや」

ジーグは首を振った。

「なんでもない。確認しておきたかっただけだ。引き留めてすまなかった」

ジーグが言うと、ロワールは改めて頭を下げて去っていく。

扉が閉まると、ジーグは大きく溜息をついた。

そう。この結婚は役立つものだ。役立たせなければならない。だとすれば彼女と――アリアと必要以上に親しくするわけにはいかない。

人狼だとわかれば、彼女はきっと自分を恐れ、避けるだろう。そして娘が窮状を訴えれば、彼女を溺愛（できあい）しているというガリオス王は、結婚を解消しようとするかもしれない。一度は国のために娘を嫁にやったとしても、相手が人狼となれば、王も考え直すかもしれない。子をなす前に結婚を解消されるわけにはいかないのだ。

今までなら——あの女と会うまでなら、自分の正体を隠しておくことに自信があった。狼の姿を隠して、人間として過ごすことに自信があった。

だが今は——。

あの女の香りを知ってからは、なぜかそれが上手くいかない。

だとしたら、万が一にも正体がばれることのないよう、会うのは極力避けなければ。

「要は、仕事だ」

ジーグは自分に言い聞かせるように呟く。

婚姻は仕事。王子としての自分の仕事だ。大切な仕事だ。ならばそれを果たすため、最善の手を尽くさなくては。

それ以外のことは、すべきじゃない。

ジーグはもう一度胸の中で繰り返す。

しかしそう繰り返してみても、一度知ってしまったアリアの香りは、自分から離れない気がした。

一週間後。二人の結婚の儀は、滞りなく行われた。

一日だけ招待されたアリアの父王は複雑な表情を見せていたけれど、花嫁姿は「綺麗だ」と褒めてくれた。

その後、アリアはジーグとともに国民の前で結婚の報告をして、夜は王城での祝宴が催された。

そして、それも終わった深夜。

「お綺麗ですよ、姫さま」

寝室の寝台の端に腰掛けたアリアの前で、ナフィナは感極まったような声音で言う。

彼女をはじめとする侍女や従者たちは、アリアから一日遅れで城に到着した。その後は、国にいたころと変わらずアリアの世話をしてくれている。

初夜となる今夜もだ。

アリアは絹の下着の上に羽織ものを纏（まと）った格好で、所在なげに身じろぐ。

花嫁衣装を脱いで湯を使い、香油を全身に塗り込められてこれに着替えさせられたのだが、こんな格好は初めてのせいでどうしても落ち着かない。

アリアは纏っているものをもじもじと握りしめたり離したりしながら、確かめるようにナフィナに問うた。

「あ、あの…ナフィナ。わたしはこのままいればいいのよね」

「ええ……あとは、殿下にお任せになれば」

「……」

もう何度も繰り返されたやり取りだ。だが「そのとき」が近づくと、さすがに不安が高まってきてしまう。

結婚式でのジーグは、それまでにも増して精悍で凛々しく、格好よかった。

王子としての自信と威厳に溢れ、アリアの目にも眩しく映ったほどだ。

けれど……。

隣に並んでいても、愛されているとは思えなかった。温もりは感じられず、誓いの言葉を口にしているときですら、彼との間に溝を感じたほどだ。拒絶されているような、そんな気配を。

彼は結婚を仕事だと思っていると言っていた。ならば自分は、彼と心を通わせあうことは無理なのだろうか……。

アリア自身は、父のため、国のためにと、この結婚を承諾したけれど、決してそれだけの関係にはしたくないと思っている。

きっかけは父や国のためでも、そこから信頼や愛をはぐくんでいければと思っていたのだが……。それは無理な望みなのだろうか。

これからの時間も、ジーグにとってはただの仕事の一環ということなのだろうか。

想像し、アリアは顔を曇らせる。

すると、それを察したのかナフィナがぎゅっと手を握ってきた。

「おいたわしや……。姫さまがあんな薄情な方に嫁ぐとは」

「そんなことないわ」

「そうですとも。いくら政が忙しいとはいえ、今日の式まで顔も見せないなんて」

「……」

それは、アリアも気にしていたことだ。

ジーグに連れられ、初めてこの城にやってきたあの日以来、彼は顔を見せなくなっていた。用があるときは使者を立ててそれを伝えてくるだけ。同じ城の中にいるのに、まるで避けられているようだった。

(やっぱり、倒れてしまったりしたから嫌われたのかしら)

身体の弱い、面倒な女だと思われたのだろうか。普段は元気な方だが、それを弁解する機会も与えられないままだ。

久しぶりに顔を合わせたのは、今日の結婚の儀の数分前。しかもそのときもその後も、私的な話をする機会はとうとうないままだった。

アリアは今日までのことを思い出して微かに唇を噛みしめる。

しかしそのとき。

「姫さま。それではわたくしはそろそろ――」

ナフィナは名残惜しそうに言うと、ぎゅっとアリアの手を握り、それを離して頭を下げる。

アリアが心細さを堪えて微笑むと、ナフィナは何度も振り返りながら部屋を出ていく。

静かになった部屋で、アリアはふーっと息をついた。

「大丈夫……よね……」

任せればいい、ナフィナは言った。もとよりアリアもそのつもりだ。

すべてをジーグに任せる。彼に身を委ねる。だが一秒ごとに鼓動は速くなり、大きくなっている。

「あ……」

アリアが思わず自分の心臓の辺りを押さえた次の瞬間。

扉が開いたかと思うと、今想像していた彼が――ジーグが入ってきた。

緊張に、全身が強張る。恥ずかしさのあまり俯いてしまうと、彼がすぐ側までやってきた気配がした。

「疲れたか。人が多かったからな」

「い、いえ。大丈夫…です」

おずおずとアリアが答えると、ジーグは「そうか」と頷く。アリアがそっと顔を上げると、彼はアリアを見下ろすようにして言った。

「これでお前は、俺の妻だ。明日からは客ではなく妻として扱う。みなもそうするだろう。城の中では好きにするといい。だがそれと同時に、お前には妻としての責務も果たしてもらう」

「はい……」

「お前には、俺同様この国のために尽くしてもらう。そのためには、生国（しょうごく）のことは忘れてもらおう」

「そん……」

「お前についてきた者たちにも、早々に帰ってもらう。お前はもう、この国の妃（きさき）だ。世話をするのは、デルグブロデの侍女たちに任せてもらおう」

「待ってください！」

慌てて、アリアは声を上げた。

この国に嫁いだとはいえ、今まで側にいてくれた者たちが誰もいなくなるなんて考えていなかった。

「殿下のおっしゃることもわかります。ですがせめて、何人かは残していただけませんか。元々そう多くの者は連れてきておりません」

「必要ないだろう。お前はこの国で暮らすのだ。周囲の者もこの国の者がいいに決まっている」

「ですが——」

「この国にはこの国のやり方がある。妻となったからには、それに従ってもらう」

アリアはなんとか食い下がろうとしたが、ジーグの返答はにべもない。

それでもアリアは必死に、彼に訴えた。

「では…せめて、ナフィナと針子のシジュだけはお願いいたします。ナフィナはわたしが生まれたときから世話をしてくれていた、母とも思っている女性。シジュはわたしの体型を一番よく知っています。この国のお針子も素晴らしい腕を持っているとは思いますが、殿下の妃として恥ずかしくない格好をするためには彼女が必要です」

「……」

「どうか、二人だけは」

必死にアリアが懇願すると、ジーグはしぶしぶといった表情ながらようやく頷いた。

「わかった。ではその二人だけを」

ほっと安堵の息を零しながらアリアは笑顔で礼を言う。

「ありがとうございます」

次の瞬間、

「あっ――」

アリアは部屋の天井を見上げていた。仰向けに倒された身体。そしてゆっくりとのしかかってくる、温もりと重み。

それがジーグの身体だと気づいたのは、視界が彼の貌でいっぱいになったときだった。

「つん……っ」

間をあけず、唇に柔らかなものが触れる。すぐさま、熱く濡れたものが、口内に挿し入ってきた。

「んんっ――」

初めての感覚と感触に、戸惑いに上擦った声が零れる。逃げようと思わず身を捩ったが、のしかかってきている身体はびくとも動かない。それどころか一層深く口内を探られ、口づけにすら慣れていないアリアの瞳に、苦しさ故の涙が滲む。

だが直後、

「んっ」

上顎の窪みを舌先でなぞられたその途端、むず痒いような言葉にならない刺激に、ぞくりと背が震えた。

「ん、ん、んんっ――」

くすぐったいようなむずむずするような感覚に、背がさざめく。

どうしてなのかわからないのに、腰の奥が熱くなっていく気がする。

アリアは思わずジーグの身体にしがみついた。そうしていないと、どこかへ飛んでいってしまいそうな気がする。

「ん……ふ……っ……」

やがて、ジーグの唇は濡れた音を立てながらアリアのそれから離れる。

間近で見るジーグの貌は、怒っているのかもしれないと思わせられるほどの真剣さだ。しかし同時にその精悍でどこか獰猛(どうもう)な表情は、息を呑むほど魅力的でもある。

首筋に、唇が触れる。皮膚の薄い部分に、まるで噛みつくかのようにして繰り返し口づけられ、アリアはそのたびビクビクと身を震わせた。

「っ……殿下……殿下……ぁ……っ」

怖い。

けれど身体はじわりじわりと熱くなっていく。今まで経験したことのない、知らなかった感覚が、アリアの全身を包んでゆるゆると溶かし始める。

「ん、ん、ぁ……ん……っ――」

やがて、仰け反った白い喉に、鎖骨に、大きくはだけられた胸もとに、その唇が落ちていく。

「ぁ……っあ、あぁ……っ」

染み一つない、きめ細やかな透きとおるような胸のふくらみに口づけられたかと思うと、淡く色づいた胸の突起を吸い上げられる。

「は……っぁ……あ…ゃ……あぁ……っ――」

ジーグがそこを吸い上げ、舌先で刺激してくるたび、上擦った声が溢れる。

自分の身体が自分のものじゃないようだ。怖いのにじっとしていられない興奮が、あとからあとからみるみる込み上げてくる。

さらには反対の胸の突起まで指先で刺激され、アリアはあられもなく身悶えた。

こんな声を出すのは恥ずかしい。こんなにもじもじと身じろぐのは恥ずかしい。

頭ではわかっているのに、声も身体の反応も止まらない。

「ぁ…あ……あ、殿下……っ――」

「初めてにしては――ずいぶん淫らな声を上げる」

「つん……っ」

「思っていたよりも淫蕩な花嫁のようだ」

「あぁ……っ――」

声とともに一際強く吸い上げられ、大きく背が撓る。

するとジーグの大きな手のひらは、乳房から腰へ、腹部へ、そしてそのさらに下の秘めやかな部分へと滑っていく。

下着の中の淡い茂みをさらりと撫でられ、その密かな刺激に背がわななく。アリアの脚の間にジーグの身体が割り込んできたかと思うと、無防備に開かされた下腹部に、彼の指が触れた。

「あ……っ――」

誰も触れたことのない場所を触れられる恐怖に、身体が竦む。だが先刻までの胸もとへの愛撫ですでに快感を覚えていた身体は、そこをたっぷりと潤すほどの蜜を溢れさせ、ジーグの指をなめらかに受け入れる。

ジーグは当然のようにそこをまさぐると、柔らかく擦るようにして刺激を重ねてくる。

そのたび、頭の芯まで痺れるような快感がわき起こり、アリアは子供のようにいやいやを繰り返した。

「殿下……っ殿下…ぁ…や……ぅ……」

「どうした」

「や…ぁ…っ…わたし…わたし…なんだか…変に――」

「別におかしくはない。初めてにしては反応がよすぎるほどだ」

「ぁ……つは…ぁ……っ」

「おとなしくされるままになっていろ。お前はただ感じて、声を上げていればいい」

「で、も…でも……わたし……っ――」

自分の身体がどうなっているのかわからなくて怖い。

しかしそう訴えようとした声は、ジーグが指を動かすたび、高い嬌声になって消えてしまう。

全身が熱い。熱くて熱くて、このまま溶けてしまいそうだ。

心臓の音も聞いたことがないほど大きい。ジーグに聞こえてしまいそうで恥ずかしいのに、どうすれば落ち着くのかなんてわからない。

「ぁ……あ、あ、あァ……ッ――」

次の瞬間、濡れて潤う身体の中に、何かが入ってきた。それはゆっくりとアリアの身体の内側を探り、そこを柔らかくほぐしていく。

そのたび、クチュクチュと濡れた音が耳を掠め、アリアはいたたまれぬ恥ずかしさに頬を染めた。

女性の身体が、こういうときにどうなるのか。それは、知識として教えられてはいた。知っていたつもりだった。

けれど自分の身に実際に起こると、知識とはまるで別のことのように思える。

のしかかってくるジーグの重み。温もり。汗の浮いた肌。けぶった眼差し。そして汗と彼の香り。教えられた知識だけでは決して知り得ることのなかった数多のことを体験し、頭の中も胸の中も混乱している。

やがて、指が離れたかと思うと、ジーグが着ていたものを緩める気配が伝わってくる。大きく脚を開かされたかと思うとさっきまで彼に触れられていた湿った部分に、熱いものがひたと押し当てられる。次の瞬間、それはゆっくりとアリアの中に入ってきた。

「あぁっ――」

「力を抜け」

「っ……ぁ……っ」

「力を抜け――アリア」

眉を寄せ、どこか苦しそうな表情で言うジーグの声に、名前を呼ぶ彼の声に、涙が込み上げてくる。夢中でしがみつくと、彼の唇がアリアの唇に触れる。

そのまま息まで貪られ、その苦しいほどの甘さにわななくと、埋められていた熱がじりじりとより奥へ、奥へと入ってくる。

大きな熱は、ゆっくりとアリアの身体を溶かしていく。

内側からとろけていく身体。そのままいっぱいまで埋められ、動かれ始めると、今までとは違う、身体の中が混ぜられるような感覚に、一気に流されていく。

「ぁ……っあ、あ、あァ……っ――」

揺さぶられ、深々と貫かれ、アリアの身体が大きく撓る。

体奥に感じるジーグの熱は、抽送を繰り返すたび、その熱さと大きさを増すかのようだ。

「殿下……っ殿下――」

アリアは夢中で、目の前の男の身体を掻き抱く。

ジーグの動きも次第に激しさを増し、アリアの胸もとに彼の汗の雫が一つ、二つと零れてくる。

「つん――っ」

そんな些細な刺激にすら、身体は反応して昂ぶり、アリアは高い声を上げ続けた。

目の前が、快感と熱に霞む。声はもう言葉になっているのかいないのかもわからない。

抜き挿しを繰り返されながら濡れて熟れた花芯に触れられると、アリアはもう耐えられなくなったかのように、すすり泣くような喘ぎを零し始めた。

「ぁ…あぁ……ッア……っ…殿下……っ」

身を捩り、切れ切れに声を上げると、媚肉を穿つジーグの動きが激しく速くなる。

触れる息も熱く湿り、彼もまた興奮していることが伝わってくる。

それはアリアの胸を切なく疼かせ、さらなる快感を連れてくるけれど、大きすぎる悦楽のうねりに不慣れな身体と心は、次々と押し寄せてくる快感に、ただただ翻弄されるしかない。

「つぁ……ッ……ぁ殿下……っ――」

「ジーグ、だ。名前を呼べ。アリア――」

「つぁ……っ…ジーグ……ジーグ…さま……っ……」

夫となった彼の名前を唇に乗せ、彼の掠れた声で名前を呼ばれると、幸福感に目眩がするようだ。

ジーグの動きもますます激しくなる。貪られるように口づけられ、二度、三度と奥深くまで突き上げられ、身体の隅々までいっぱいにされたかのような感覚に爪先まで震えた次の瞬間、

「つァ……っ――」

一層激しく貫かれ、目の奥で火花が散る。刹那、身体の奥深くでうねっていた熱が弾けた。

腰の奥が、心臓が溶けるようだ。頭の中が真っ白になって、快感以外のすべてが消える。

ぎゅっと強くジーグの身体にしがみつき、彼の肌に爪を立てると、直後、その身体が震え、食いしばった歯の隙間から呻くような声が零れ、同時に、身体の奥に熱いものが溢れたのを感じる。

潤んだ視界の中に、乱れた息をなんとか宥めるようにジーグが肩で息をしているのが見える。

しかしその直後、彼はアリアから身体を離すと、乱れていた服を直し、そのまま寝台から

下りてしまう。

「え……」

急速に冷えていく身体。そして心。

アリアは慌てて身を起こすと、まだ上手く動かない身体を無理矢理動かすようにしてジーグに手を伸ばした。

「で、殿下」

「なんだ」

「い、一緒にいてくださらないのですか」

「……」

「殿下?」

返事をしないジーグに、不安と混乱が増す。

狼狽したまま縋るように見つめたアリアの視線の先で、ジーグはふっと顔を逸らして言った。

「夫として、初夜の務めは果たした。ならばその上一緒にいる必要はないだろう。これからも、必要なときにお前を抱きに来る」

「!」

ショックに声も出せないアリアを残し、ジーグは言葉どおりにそのまま部屋を出ていってしまう。

扉が閉まってしばらくしても、アリアは動けないままだった。

信じられない。

アリアの部屋を出た途端、ジーグは今しがた経験した目がくらむような快感に、胸の中でそう呟かずにいられなかった。

信じられない。

あの甘い香りはなんだ。

あの、酩酊(めいてい)するかと思うほどの甘い香りは。

式のときからあの香りがふわふわと鼻先を掠めていてたまらなかったが、二人きりになると一層で、自分を抑え込むのが大変だった。

なんとか自制心を保ったまま身体を重ねたけれど、あれ以上あそこにいるとどうにかなりそうだった。

初めてなのに二度三度と求めて、滅茶苦茶にしてしまいそうだった。

実際、まだ欲望は腰の奥で渦を巻いている。

できるなら、今すぐにでももう一度あの女を組み伏せ、深々と貫いてしまいたい。あの細い腰を揺さぶり、思い切り声を上げさせたい。

ジーグは再び熱を持ち始めた身体を紛らわせるように大きく頭を振ると、一秒でも早くあの香りから遠ざからなければと、足早に自身の部屋へ向かう。

しかしそうして歩いていても、あの香りを求めて後ろ髪引かれる思いだ。

ジーグは顔を歪めた。

今まで、こんなに何かに執着したことなどなかったのに。どうしてよりによって女なんかに。

「冗談じゃない……」

ジーグは声に出して呟く。

今は父王が落ち着いた治世を敷いているが、所詮は山間の小さな国だ。周囲の国との交渉を誤れば、いつなんどき潰されてもおかしくはない。

確かに、この国の兵力は強い。

人狼たちが人の頭脳に狼の体力という二つの能力を駆使して戦うのだから、そこらの軍勢に負ける気はしない。だが、数の差が大きくなれば、また話は変わってくる。周囲の国に一斉に攻め込まれれば、形勢がどうなるかなどわからないのだ。

だから今回の婚姻は、新たな血を求めることの他にも、デルグブロデに大きなメリットがある重要な結婚なのだ。テュール側がデルグブロデに庇護(ひご)を求めたように、こちらも安全な隣国を一つは確保しておきたい。

そのためにも、欲望のままに我を忘れるわけにはいかない。

(そうだ)

ジーグは再び自分に言い聞かせると、足を速める。

まるで逃げるようだと思えば癪(しゃく)でたまらなかったが、それでも足を止めなかった。

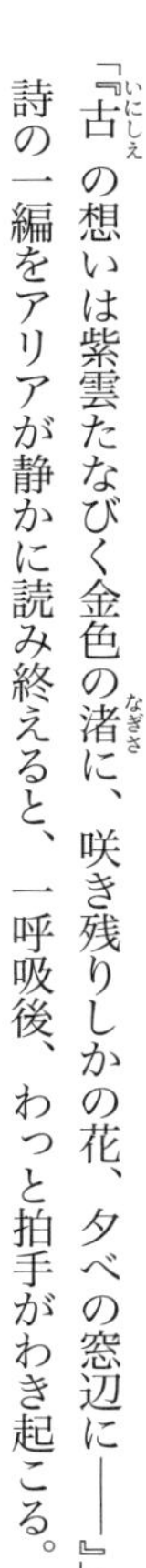

◆
◆
◆

「『古(いにしえ)の想いは紫雲たなびく金色の渚(なぎさ)に、咲き残りしかの花、夕べの窓辺に――』」

詩の一編をアリアが静かに読み終えると、一呼吸後、わっと拍手がわき起こる。

アリアも持っていた本を置くと、一緒に拍手をした。壁際に立っていた青年・クリフが、気恥ずかしそうに頭を掻き、ぺこんとお礼のように頭を下げる。

彼がこの詩を書いたのだ。

結婚して半月になるある日。アリアは、先代の王の妹――つまりジーグの祖父の妹であるリーゼンが主催する集まりにやってきていた。

この集まりは、彼女が基金を設立している芸術学校に通う芸術家の卵たちと、彼らを支援しようという貴族の集いだ。

前回は音楽家、前々回は画家の卵たちが集い、支援者たちと作品や将来について語りあっては親睦を深めたらしい。

そして今回は詩人の卵たちが集まった。そこにアリアも呼ばれ、今、アリアが彼の詩を朗読したのだった。

知りあいは誰もいないこの国に嫁ぎ、果たして周りの人たちと馴染めるだろうかと不安だったアリアだが、幸いにして、今のところはなんとか上手くやれている。

話によれば、アリアは久しぶりに外国からやってきた妃らしい。そのせいもあってか、みな、何くれと気にかけて、親しくしてくれていた。

特にアルチェは、アリアを気に入ってくれたのか、たびたび部屋を訪ねてくる。

以前、ジーグに言われたことを気にして、アリアが一人じゃないことを確認してからだが、

「ぼくのだいすきなおかしです」

と、綺麗な菓子を持参してくれることは微笑ましくも嬉しい驚きだったし、たどたどしい

言葉で城のことや街のことを話してくれるのを聞いていると、生国に残してきた弟や妹のことが思い出され、懐かしくなるとともに、とても癒されるひとときだった。

（本当は、アルチェと話すように殿下ともいろいろとお話をしたいのに……）

部屋のあちこちで学生を中心にして話に花が咲いている中、アリアはジーグを思う。

今日のこの誘いを受けたときも、アリアはジーグに参加していいだろうかと伺いを立てると同時に、一緒に行ってもらえないかと尋ねてみた。

一緒に出かければ、二人の関係も少し変わるのではないかと思ったのだ。

だがジーグの答えは「行くといい。だが俺は行かない」というにべもないものだった。

（仕事があるのだから、仕方ないのだろうけれど……）

アリアは寂しさからつい溜息をつきそうになるのを誤魔化すように、一人離れて飲み物を飲む。

そうしていると、さっきの青年、クリフが近づいてきた。

「先ほどは、素敵な朗読をありがとうございました」

そして綺麗な仕草で頭を下げると、頬を紅潮させて言う。

「まさか妃殿下に朗読していただけるとは。光栄です」

「いいえ――そんな」

アリアは笑顔で首を振った。

「わたしの方こそ、素敵な詩を朗読する機会に恵まれて幸運でした。でもこういうことは初めてだったので、迷惑になっていなければいいんですが」

「そんな！　とんでもありません。聞いていて、感激いたしました。自分が書いた詩だと思えないほどでした。妃殿下のお声の素晴らしさに、拙作（せっさく）も新たな輝きをいただけたようです」

「そんな――」

過分な褒め言葉に、アリアが真っ赤になったとき。

「そのとおりだわ」

そこに、さっきまで向こうで学生たちと話していたはずのリーゼンがやってくる。八十歳を越えているという彼女だが、王族らしく今も毅然（きぜん）としており、かくしゃくとしていて美しい。

美しい銀髪をタイトに纏め上げたヘアスタイルの彼女は、優雅に微笑んで続けた。

「よい朗読だったわ。彼の詩は何度か読んだことがあるけれど、あなたに読まれるとなおさらよく感じるわね」

「そうおっしゃっていただけると、ほっとします」

「それに若い人が来てくれると、場が華やかになって嬉しいこと。そのドレスもとても可愛らしいわ。あなたは華奢（きゃしゃ）だから、そうした淡い色のドレスが似合うわね」

「ありがとうございます……」

「本当ならわたしたちだけじゃなく、ジーグにも見せたいでしょう。わたしもぜひあの子にも参加してもらいたいところなのだけれど、あの子はこういうことには興味がなくて」

残念そうに言うと、リーゼンはふうと溜息をつく。

クリフが苦笑した。

「殿下は政がお忙しいのでしょう」

「そうでしょうとも。けれど少しは心の余裕を持って、こうした集まりに顔を出すことも必要なのですよ。みなも会うのを楽しみにしているというのに、仕事仕事で。いくら王子とはいえ……」

眉を寄せつつリーゼンは言うが、その表情を見ていれば、今の言葉はジーグに会いたいがゆえの不満だとわかる。

好かれているのだ。

そしてそれは、リーゼンに限らなかった。

彼の妃として正式にこの城に住み始めてからわかったことだが、彼は本当にいろいろな人から好かれ、信頼され、尊敬されているようだった。

結婚後に顔を合わせた大臣や重臣たちは、ジーグよりも遥(はる)かに年上の人たちばかりだったのに、彼に一目置いているようだったし、テュール王国に帰されてしまった者たちの代わりに、身の回りのことをしてくれている侍女たちも「ジーグ殿下が迎えた花嫁だから」と、気持ちよく世話してくれている。

しかも彼女たちのおしゃべりを聞いていると、ことあるごとに、ジーグがいかにこの国のことを思っているか、優れた王子かを話しているし、城に出入りしている商人たちも、口を揃えてジーグを褒めていた。

実際に来てみて知ったが、この国は本当に小さい。

大陸でも広い国であるテュール王国と比べてはもちろんのこと、国中を見て回るにしても三日もあれば隅から隅まで知れるほどの広さだ。王都も、広さはテュールの三分の一ほどもないだろう。そもそも山間の国で国土の半分近くは森になっている。

だがその一方、周囲を山に囲まれているがゆえに、ここは交通の要所にもなっていた。同時に、この国は水資源が豊かだ。品質のいい酒や作物が作られ、それらは稀少な特産物として周辺各国で高値で取引されているらしい。

そのためもあり、周囲の国から狙われることも多いようだが、強い兵力と国交とでそれに抵抗しているのが現状のようだ。

現在はジーグの父であるアルデ王が統治しているが、王は王妃が――ジーグの母親が死んでからは体調を崩しがちで、ジーグは王子ながら早くも政に参加しているらしい。それも、ただの手伝いではなく本格的なそれのようで、毎日忙しいようだ。

書類を精査して署名しては会議に赴き、やってくる各国の要人と会い、かと思えば国内の至るところに視察に出かけ、陳情に耳を傾ける。

そして――。

アリアは昨夜を、その前夜を、さらにはその前の夜を思い出し、密かに頬を染めた。

そんなに忙しいにも拘わらず、ジーグは毎晩アリアのもとにやってきた。

「寝室は別」と言われたときには、それほど彼に嫌われてしまったのかと思ったが、そうではなかったのだろうか。

しかも彼の行為は、夜ごとに熱を増していく。

昨夜など、立て続けに二度も求められ、そのたび溢れるほどの快感を注がれ、どうにかなりそうだった。

なのに、ことが終われば彼は素っ気なく去っていく。

いや――それよりも悪い。薄明かりの中、部屋を出ていく彼の横顔は、どこか後悔しているようも見えるのだ。

自分は彼を満足させられていないのだろうか。

やはり彼は自分に不満を持ち続けているのだろうか？

国のために結婚する女なんて嫌だったのだろうか。彼は本当は結婚なんてしたくなかったのだろうか。

だから寝室は別で、それで昼間は顔を合わせようともしないのだろうか。

それとももしかして……実は別に好きな女性が――。

「そんな……」

アリアが思わず声に出してしまうと、

「どうしたの？」

リーゼンが不審そうに尋ねてくる。アリアは慌てて「いいえ」と頭を振った。

「なんでも…なんでもありません。それより、みなさんは普段はどんなことを勉強なさってるのですか？　みなさんのお話をもっと聞きたいです。こういう機会はなかなかありませんから」

そしてアリアはリーゼンとクリフに向けて言う。

（いけない）

こんな、大勢の人が集まっている場で、他のことを考えてしまうなんて。王子であるジーグの妃として、もっとしっかりしなくては。

自分の評判は、彼の評判にも関わってしまうのだ。寝室では彼を失望させてしまっているとしても、せめて昼間は妻としての務めを果たさなければ。

それに、昼間から「あんなこと」を思い出してしまうなんてどうかしている。

アリアは羞恥にまた熱くなる頬を感じつつも、「落ち着かなければ」と自分に言い聞かせる。

しかし、クリフが「そうですね……」と話し始めたそのとき。

会場の入り口付近が、大きくざわめく。

(何が?)

気になって、アリアもそちらを見やった次の瞬間、

「ジーグ!」

リーゼンが驚いたような弾んでいるような声を上げた。

そして彼女は、突然現れたジーグのもとへ、いそいそと向かっていく。

不意のことに、アリアは一瞬、息をすることも忘れてしまった。

まさか。

まさか彼がここにやってくるなんて。

(どうして……)

だって「行かない」と言っていた。確かに「行かない」と。

なのに——まさか来るとは思っていなかった。まさか彼と寝室以外の場所で顔を合わせると思わなかった。

自分のいる場所に、彼がやってくるとは思っていなかった。

(どうしよう……)

会うと嬉しい。けれど予想外のことに、どうすればいいのかわからない。よほど混乱していたのだろうか。

「大丈夫ですか」

傍らにいたクリフが、気遣うように尋ねてくる。

「え――ええ。大丈夫」

アリアは答えたが、クリフはまだ気遣わしげな様子だ。

「失礼――」

そしてアリアの手を取ると、

「こちらにおかけになっていた方が」

と、壁際の椅子にアリアを誘う。

アリアはされるまま、そこに腰を下ろした。

まるでジーグから逃げるようだ。

本当なら妃として彼の登場を一番喜ばなければならないのに、今は驚きすぎて、冷静でいることすら難しい。

そうしていると、リーゼンと話しながら、ジーグがこちらに近づいてくる。

「どうしたの、ジーグ。急にやってくるなんて。今までは招待しても一度も来てくれなかったというのに」

「来てはいけませんでしたか？」

「何を言うの。大歓迎だわ。ああ——嬉しいこと。今日はアリアとあなたと、これからのこの国の芸術の繁栄に必要不可欠な二人が来てくれるなんて」

「大げさですよ」

「そんなことはないわ。それにしても、本当にどうしたの。ひょっとして、アリアが理由かしら。彼女の顔を見に来たのかしら？　あら——アリア。どうしたの？　具合でも悪い？」

するとすぐ近くまでやってきたリーゼンが、心配そうに尋ねてくる。アリアは「大丈夫です」とすぐさま立ち上がった。

「失礼いたしました。殿下——来てくださってありがとうございます。お仕事はもうよろしいのですか？」

最初の一言は二人に。その後の言葉はジーグに向けて言う。なんとか普通に言えたはずだ。

だが彼はじっとアリアを見つめてくる。

(何か変だったかしら)

ドキドキしていると、ジーグは次に、彼女の傍らにつき添ってくれていたクリフに視線を向ける。

再びアリアを見ると「よくはないが」と口を開いた。

「少し時間が取れたので来てみたのだ」

そう言うと、次いでリーゼンを見た。

アリアは放り出されたような感覚に、たまらない寂しさを覚える。そんなアリアの気持ちを知ってか知らずか、ジーグはリーゼンに向け、「アリアが迷惑をかけていませんか」と尋ねる。

リーゼンが「まさか」と笑った。

「それどころかとても評判がいいわ。彼の詩を読んでもらったの」

そしてクリフを紹介する。クリフが恭しく頭を下げた。

「お目にかかれて光栄です、殿下。クリフと申します」

ジーグはクリフをじっと見ると、「ああ」と頷いた。

「祖父の妹であるリーゼンどのはわたしが祖母のようにも慕うお方。そのリーゼンどのが目をかけたというなら、さぞ立派なのだろう。これからもこの国の文化のために励んでくれ」

そしてクリフを励ますように言うジーグに、リーゼンが目を丸くした。

「まあ珍しい。いつも仕事ばかり、政ばかりのあなたからそんな言葉が出るなんて」

「わたしにも文化の大切さはわかっていますよ」

「嬉しいこと。ではあなたも読んでいかれない？　きっとみな喜ぶわ」

「いえ」

しかしジーグは、そんなリーゼンの言葉には即座に首を振った。

「すぐに戻らなくてはならないのです。先ほど言ったように、仕事を抜け出してきたので」

「あらあら。本当に顔を見せに来ただけなのですね。でも本当に珍しいこと。どういう心境の変化かしら」

「特に意味はありませんよ。ずっとお誘いいただいていましたから、一度くらいは足を運んでおこうと思っただけです。ではみなさま——お邪魔いたしました。引き続き楽しんでくださいさい」


そしてリーゼンや様子を窺っていた周囲の人たちにさらりとそう言うと、踵(きびす)を返して去っていく。

呆然と見送るアリアの肩が、そっと押された。

振り向けば、リーゼンが微笑んでいる。

「送って差し上げなさい。途中まででも」

「でも……」

「あなたよ」

「え？」

「あなたに会いに来たのよ、ジーグは。そうに決まっているわ」

リーゼンは小さく笑いながら言うが、意外な言葉にアリアは返事ができない。と、リーゼンはほほ、と小さく笑った。

「あなたのことはずいぶん気に入っているようよ。仲良くなさい」

そして再び「行きなさい」と言うように軽く肩に触れてくる。

アリアは少し迷ったものの、心を決めると、リーゼンに小さく会釈して足早にジーグのあとを追う。

リーゼンの言葉をそのまま信じたわけじゃない。けれどどうして彼が急にここへ来たのか。それを知りたいと思ったのだ。

アリアは部屋を出ると、一層早足でジーグを追いかける。

彼の背が、見えた。

「──殿下」

声をかけると、彼の足が止まる。振り返った表情は、怪訝(けげん)そうなものだった。

「どうしたのだ。なぜここに？　リーゼンどのは──」

「リーゼンさまに言われてきたのです。殿下を送るように、と……」

近づきながら、素直にアリアは言う。ジーグが微(かす)かに眉を寄せた。

「……なるほど。そう言われてきたのか」

「は、はい。それから、殿下にお伺いしたいことがあって……」

「なんだ」

「その…今日はどうしていらっしゃったのか…と……」

「そんなことか」

するとジーグは面倒そうに髪を掻き上げた。

「言ったはずだ。たまたま気が向いた」

「ですがお仕事の時間を割いてまで……」

「割ける時間だったから割いたまでだ。本当に抜けられぬ仕事ならそんなことはせぬ」

「では、本当にたまたま――」

「そうだと言っている」

うるさい、と言わんばかりのジーグに、アリアは何も言えなくなってしまう。

静寂が辺りを包む。次に口を開いたのは、ジーグの方だった。

「俺の姿は見たくなかったか」

抑揚のあまりない声だった。その堅さに戸惑いながらも、アリアは首を振る。だがジーグは、アリアの言葉を疑うように目を眇めてみせた。

「そうか？　俺の姿を見てずいぶん戸惑っていたようだが」

「それは…いらっしゃるとは思っていなかったので……」

「それだけか？　俺を避けていただろう。俺がいては不都合なことがあったのではないのか」

「それはどういう意味で――」

「あの男とはずいぶん親しそうだったな」

途端、彼の声が一つ低くなる。アリアは息を呑み、ジーグを見つめ返した。

「あの男とは、ずいぶん親しそうだったな」

そんなアリアを見据え、ジーグは繰り返す。さっきよりもゆっくりと。

彼の灰色の双眸が、不穏に揺れる。

それを見て取り、アリアは怖さに震えそうになりながら首を振ってみせた。

「格別に親しいというわけではありません。たまたま彼の詩をわたしが朗読して……話をしていただけです」

「本当に？」

「はい」

アリアは頷く。その途端、ジーグは苛立ったようにグイとアリアの腕を掴む。そのまま引き寄せられ、激しく揺さぶられ、アリアはその痛みと突然のジーグの行動に、混乱せずにはいられない。

「!?　っ…で、殿下!?」

「本当にそう思っているのだとしたら、お前の無邪気さに無性に腹が立つ」

次の瞬間、鼻先が触れるかと思うほどの近くまで引き寄せられ、睨まれる。怯えるアリアに、ジーグは苛立たしげに言った。

「お前は自分がどんな顔をしているのかわからずにあんな顔をするのか？　お前は自分がどんな目で見られているのかわからないのか？」

「で……」

「気安く他の男を見つめるな。気安く触れさせるな。お前は誰のものだ!?」

「！」

怒りも露わなジーグのその言葉に、アリアが瞠目した直後、

「んっ——」

その唇は、ジーグの唇で塞がれていた。

「んんっ——」

ぶつけるような性急な口づけに、アリアの戸惑いはますます大きくなる。しかもここは外。今は人気がないとはいえ、いつ誰が来てもおかしくはないところなのだ。

そんな場所で口づけられる恥ずかしさに、アリアはみるみる耳まで赤くなる。

しかもジーグの口づけは、夜のそれを思わせる熱っぽさだ。抱きしめられ、身動きできないまま口内を貪られ、アリアはその苦しさと快感に眉根を寄せた。

「つふ……ん……っ……——」

口内を、ジーグの舌が跳ね回っている。

逃げても追われ、捕まえられ、舌に舌を絡められ、むず痒いような刺激が込み上げ、身体

が震える。

この数日で覚えた——覚えさせられた快感だ。

腰の奥から熱が溢れる。思わず彼の身体にしがみつくと、その身体をさらに強く引き寄せられる。

はずみで胸の突起が刺激され、アリアはたまらずわなないた。

こんな場所で、と思うと羞恥でおかしくなってしまいそうなのに、ジーグの腕の中からは離れたくない。

だがほどなく、始まったとき同様、終わりも唐突に訪れる。

アリアの唇から熱が離れたかと思うと、抱き寄せられていた身体も引き剝がされた。

「あっ——」

崩れそうになる身体。それを支えてくれたのはジーグの腕だ。彼はアリアをしっかりと立たせると、素っ気なく腕を放す。

そして再びじっと見つめてくると、やがて、顔を歪め、小さく舌打ちして踵を返す。

その様子は、夜ごとの彼の様子と酷似していた。

行為を終えて、去っていくときの、あの——。

「殿下」

思わず、アリアはジーグの腕を摑んでいた。

「殿下――殿下は……殿下はわたしのことがお嫌いなのですか？」

「……」

「殿下」

縋るようにして必死で尋ねる。

するとジーグの腕を掴むその手に、彼の手が重ねられた。荒々しく振り払われるかと思いきや、驚くほどゆっくりと、優しく離される。

ジーグはアリアの手を握ったまま、しかしアリアの方は見ずに言った。

「好きだとか嫌いだとかは、考えていないと言ったはずだ。お前は俺の妻だ。互いの国の利益のために娶った妻。それだけだ」

そして静かに手を離すと、彼は何事もなかったかのように去っていく。

アリアはその背中が見えなくなるまで見つめたけれど、追うことはできなかった。

◆　◆　◆

「ナフィナ、この手紙を出してきてもらえるかしら」

それから、一週間ほど経ったある昼下がり。アリアは父と妹弟宛に結婚以来初めての手紙をしたためると、ナフィナにそう頼んで言った。

この国の侍女たちを信用していないわけではないが、やはり特別な私信は心から信頼できる相手に託したい。

それを心得ているナフィナは「畏まりました」と三通の手紙を受け取った。

「すぐに街まで行って、出して参りましょう」

「ありがとう。よろしく頼むわね。今日は特に何かがあるわけではないから、少し街を散策してきても構わないわよ」

「左様ですか!?」

「ええ。あなたもいつもお城の中ばかりでは息が詰まるでしょう。羽を伸ばしてくるといいわ」

おしゃべり好きな彼女は、新しい侍女たちともすぐに仲良くなり、城の人間関係についての噂などを至るところから集めているようだ。だがそれでもやはり、異国での暮らしはストレスが溜まるだろう。そう思ってアリアが言うと、ナフィナは、ぱっと顔を輝かせる。

だがすぐに「でも……」とその顔を曇らせた。

「姫さまはずっとここにいらっしゃるのに、わたしだけ外出というのも……」

そしてアリアを気遣うように言う。アリアは「いいのよ」と首を振った。

「わたしは出かけるとなると他の人たちの都合もあるから、仕方がないわ。素敵な街のようだから、見てみたいけれど……。いずれ殿下が何かしら考えてくださるでしょう」

ジーグの妃として外出することは簡単なことではないことは、アリアにもわかっている。テュールにいたときだって、街に出かけるとなれば警備してくれる者たちをはじめ、大勢の伴の者たちがついてきた。行った先でも、何くれと気遣ってくれていた。ジーグの妃となればなおさらだろう。

好意的に受け入れられているとはいえ、まだまだ親しい知人もいないここでの生活は確かに寂しい。唯一の頼みの綱であるジーグからして、アリアと親しくする気はなさそうだから一層だ。

思いがけず集まりにやってきたあの日からも、彼の態度に変化はない。昼はほとんど顔を合わせることはなく、夜やってきてはアリアを抱いて帰っていく。これではまるで、ただ「そのため」にいるだけのようだ。

それは酷く悲しく、惨めだったけれど、同時に、閨での彼の愛撫や抱きしめてくる腕の強さは夜ごとに熱を増していくから、アリアはなおさら困惑せずにいられない。

いったい自分は、彼にとってなんなのだろう……。

最近は、以前にも増してそんなことばかり考えてしまう。

だからせめて、街に出て気分を変えたい気持ちはあるけれど、そんな自分の我が儘に周りを巻き込むことは気が引ける。

アリアは「だからいいのよ」とナフィナに微笑んだ。

「だから――わたしの分まで楽しんできて。そしていろいろと教えてちょうだい。街のことや、人々のことを」

「姫さま……」

「ね？」

アリアが念を押すように言うと、ようやっと、ナフィナは頷いた。

「わかりました。では少しだけ街を見て参りますね」

「ええ」

アリアが頷くと、ナフィナは「では」と頭を下げ、手紙を手にいそいそと部屋を出ていく。

しかし、それから数分後。

「姫さま！」

出かけたはずのナフィナが慌ただしく戻ってきた。

「どうしたの？」

怯えているような狼狽えているような表情に、アリアが慌てて尋ねると、

「流行病（はやりやまい）です」

ナフィナは声を落とし、アリアの手をぎゅっと握って言った。

「親しくしているメイド頭とたまたま出くわしたのですが、そこで聞いたのです。殿下の弟君が数日前から具合がお悪かったようなのですが、医師の見立てでは流行病のようだとか。姫さま、どうかお部屋からお出になりませんよう」

「殿下の……って、アルチェのこと!?　彼は大丈夫なの？」

「わかりません。そこまで詳しくは聞きませんでしたので……。大丈夫だとは思うのですが」

「思う、って……」

「まだ公にされていないようなのです」

「では、アルチェの面倒は誰が……」

「それもわかりかねます。ただ、弟君の部屋に出入りする者は限られているとか……。それもあって、流行病だろうという話が広がり始めているようなのです」

「……」

アリアは、アルチェの様子を想像して、顔を曇らせた。

明るく元気だった彼が苦しんでいると思うと、胸が痛くなる。しかも、容態もはっきりとわからないなんて。

「彼の様子を見に行くわ」

アリアは言うと、部屋を出ようとする。ナフィナが慌てたようにドアの前に立ち塞がった。

「とんでもありません、姫さま。どうかこのままお部屋に――」

「ちゃんと看病しているかどうかをこの目で確かめるだけです。重い病ならなおさら早く看病しなければ」

「わたくしが訊いて参ります。ですから姫さまは」

「わたしが行って尋ねた方が、正確な答えを聞けるでしょう」

「ですが万が一姫さまに何かあれば――」

「だからといって、あんな小さな子を放っておくわけにはいかないでしょう！」

アリアは声を荒らげると「どきなさい」とナフィナに命じる。

弟を思わせるアルチェ。大事ないならいいが、もし彼が一人で苦しんでいるとしたら何か役に立ちたい。

じっと見つめると、ナフィナは「くれぐれもご自分のお身体を大切になさってくださいませ」と頼み込むように言うものの、扉の前からどいてくれる。

アリアは「ありがとう」と頷くと、早足に部屋を出た。

すぐに警護の女性が駆け寄ってくる。その女性に、アリアは尋ねた。

「アルチェはどこ？」

だが、彼女は答えない。

アリアは足を止めると、もう一度、今度はより強い口調で繰り返した。

「アルチェはどこにいるの？　彼のところに行くわ。案内して」

「アルチェさまはご病気で……」

「知っているわ。だから行くの。心細い思いをしているでしょう」

「流行病です。近づくなと、誰も近づかせるなと言われています」

「誰に」

「医師に……そして殿下にです」

声を潜めて、女性は言う。アリアは彼女を見つめたまま、ゆっくりと首を振った。

「わたしは聞いていません。連れていきなさい」

「アリアさま——」

「では彼の居場所を教えるだけでいいわ。わたしが一人で行きます」

「どうかお考え直しください。妃殿下にもし何かあれば——」

「きちんと看病されていることが確認できればすぐに帰ります。アルチェは義理とはいえわたしの弟です。まだ幼い彼が病に苦しんでいるというのに、わたしだけ安穏としてはいられません」

「……」

「充分注意はするわ。わたしだって、病にかかりたいわけじゃないんですから」

アリアは言うと、彼女を安心させるように微笑む。

ナフィナと違い、彼女はジーグの命を受けて自分を警護している者だ。自分の言うことを聞いてくれるとは限らない。それでも、ここはなんとしても引くわけにいかなかった。

するとややあって、

「こちらへ」

彼女は先に立って歩き始める。

アリアは急ぎ足で、彼女に続いた。

廊下を歩き、曲がり、またしばらく歩き、曲がり、回廊を抜けてまた歩く。

焦っているからかやけに長く感じる。それとも——隔離されているのだろうか。

きっとそうだ。

だってこんなに寂しい場所で、アルチェが普段暮らしているわけがない。

早く——早く会いたい。顔を見てあげたい。

もっと早く気づけていれば……。

アリアは顔を顰める。

何度も会っていたのに、会いに来てくれていたのに。どうして気づけなかったのか。

最初に会ったときから、アルチェは屈託なく話しかけてきてくれていた。弟に似た彼の存在に癒しを感じてもいた。なのに、自分のことで手一杯で、彼の様子にまったく気づけなかった。

自分のことで——自分のことと、自分に対するジーグのことで頭の中がいっぱいで。

「——この先です」

そうしていると、警護の女性が足を止める。

彼女の視線の先には、一つの扉があった。

しかし人気は——ない。

「誰も、アルチェにつき添っていないのですか」

アリアは自分の声が険しくなるのがわかった。この人気のなさでは、つき添うどころか、誰もこの辺りに来ようともしていないだろう。

女性が言葉を絞り出すようにして言った。

「妃殿下はご存じないかもしれませんが、我々は病をとても恐れます。おそらく、妃殿下がお生まれになった国の民よりも」

「……」

「この国では、普段あまり病にかかる者はおりません。それ故か、他の国の方々には大したことのない病でも、我が国ではあっという間に蔓延(まんえん)してしまうこともあるのです。そのため、そうした流行病の疑いがあれば、すぐにこうして隔離されることもままあるのです。もちろん、治療はされます。アルチェさまであれば最善で最高の治療を受けられているに違いありません。ただ…つき添って看護というのは……」

「……そう……」

理由はわかった。

だがそれで納得できるものでもない。

アリアはふっと息をつくと「わかったわ」と頷いた。

「ではやはりわたしが世話をすることにしましょう。わたしは妹や弟の看病をしたこともありますから、病人の世話は慣れています」

そしてそのまままっすぐ、アルチェがいるという部屋を目指す。

意を決して扉を開けると、その瞬間、消毒薬の香りがした。

部屋は薄暗い。仄かな灯りを頼りに部屋を見回すと、カーテンの下りたベッドがあった。

傍らのナイトテーブルには、水差しや薬らしきものが置かれている。

アリアはそろそろと近づくと、カーテンを捲った。

アルチェが眠っていた。

だが以前会ったときと違い、やつれて疲労の色が濃い。息が苦しそうだ。

静かにベッドの端に腰を下ろし、顔を覗き込む。そっと額に手を当てると、そこはじわりと熱かった。

「だれ……？」

そのとき、アルチェがふっと目を覚ます。

「わたしよ、アルチェ」

　アリアは言うと、そっと彼の手を握った。やはり熱い。思わずぎゅっと握りしめると、アルチェはそろそろと握り返してきた。

「アリア…ねえさま……」

「ええ——そうよ。久しぶりね。ごめんなさい、なかなか会えなくて」

「ううん」

　アリアの言葉に、アルチェは首を振る。だがその仕草も浮かべようとした笑顔も声も、すべて弱々しい。

「もう大丈夫よ。アリアは安心させるように、にっこりと笑った。

「もう大丈夫よ。わたしが看病するわ。お医者さまにもらった薬は飲んだ？」

「うん……のませてくれた」

「そう。欲しいものはない？　食べ物でも飲み物でも」

「なにかのむものがほしい……」

「飲み物ね。いくつか持ってくるわ。果物は？　食べられそう？」

「うん。ほしい」

「わかったわ。少し待っていて」

　言い置いてアリアは一旦部屋を出る。

　するとそこには、医師らしき初老の男性と、その助手のような若い男性がいた。

二人はアリアを見ると、さっと頭を下げた。

「アルチェさまのご看病恐れ入ります、妃殿下」

「話は聞きました。この国では流行病が恐れられているのですね」

「はい……」

医師は深く頷いた。

「他の国の方々に比べて免疫力が弱いと申しますか……。看病した者も罹患してしまうことが少なくないのです。特にこうした、高熱を伴う病の場合はなおさらで……」

「それぞれの国にはそれぞれの事情があるのでしょう。それは責めません。ですが、アルチェが今苦しんでいるのも事実。部屋でつき添っての看病はわたしがしますから、あなたたちは部屋の外でその手伝いをしてもらえませんか」

「もちろんでございます」

「ではまず飲み物をいくつか持ってきてください。喉が渇いているようです。水はありますから、それ以外の…彼の好きそうなものを。あとは、果物も」

「畏まりました」

頷くと、医師は傍らの青年に何事か指示する。彼は頷くと、素早く踵を返して離れていく。

アリアはさらに言った。

「あとは…わたしの侍女に、わたしの着替えを揃えさせてください。わたしはこの部屋に泊まります」

「この部屋に!?」

「ええ」

「ですが寝台は……」

「ソファで眠ります」

「そんな…そのようなことは……」

「ずっというわけではないのですから、大丈夫でしょう。あなたの見立てでは、アルチェが快方に向かうまではどのくらいですか？」

「薬を飲んで安静にしておれば、数日で回復いたしましょう。そのころには感染力も落ちておりましょうから、わたしどもでも看病ができるはずです」

「ならそれまではわたしが面倒をみます。ソファで眠るのも、平気よ。大きなソファだから」

「……」

「あなた方は、わたしのことよりもアルチェのことを考えてください。彼を治すことだけ、考えて。わたしにできるのは彼の側についていることだけなのです。病を治すための薬を調合したりそのための方法を知っているのは、あなた方なのですから」

「……畏まりました」

アリアが頼み込むように言うと、医師は深く頷く。アリアも頷くと、再びアルチェのいる部屋へ戻った。

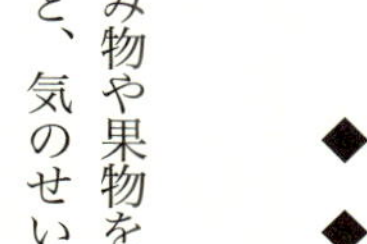

届いた飲み物や果物を口にすると、アルチェはずいぶん元気になったように見えた。

薬の効能と、気のせいかもしれないが、部屋に人がいることで安心しているのかもしれない。

体力を使うだろうから、とあまり話はさせなかったが、

「ねえさまがいてくれてうれしいです」

と、しきりに繰り返していた。

流行病の恐ろしさはアルチェもよく知っていることのようで、一人でいなければならないこともわかっていたらしいが、やはり寂しかったようだ。

ベッドの端に腰をかけ、眠っているアルチェの髪を撫でてやりながら、アリアはほっと息をつく。

もう遅い時間なのだし眠りなさい、と言っても、アルチェは何度も目を開けていた。アリアが部屋にいるかどうかを確かめるように。

『ほんとうに、ねえさまはいてくれるの？　ねえさまはびょうきはだいじょうぶなの？』

夜もずっとここにいるから、と話したアリアに、訝しそうに、そして不安そうに尋ねてきた声を思い出す。

「早く元気になりましょうね……」

髪を撫で、アリアが囁くように言ったとき。

部屋のドアがノックされる。

アリアが出てみると、そこにはジーグが立っていた。

その表情が暗いのは、廊下の薄暗さのせいだけではないだろう。

アリアは後ろ手に扉を閉めると、彼と向かい合う。

ジーグは緊迫した表情でアリアを見つめて言った。

「……言いたいことや、訊きたいことがいくつもある」

「……なんでしょうか」

詰め寄られ、扉と彼との身体の間に挟まれる。それでも怯まず見つめると、ジーグは険しい顔のまま言った。

「まず、どうしてお前がここにいる。アルチェの看病だと聞いたが、お前は自分の立場がわかっているのか」

「はい。わたしはあなたの結婚相手であり、アルチェの姉です」

「……！」

毅然と言い返すと、ジーグは息を呑む。アリアは彼を見つめたまま、些(いささ)かの怒りを感じながら言った。

「そんなことよりも、アルチェの容態は、訊かないのですか」

「訊く。当然だ。医師から連絡は受けているが、実際のところはどうなのだ。本当なら俺も側についていてやりたいが、万が一何かあれば…と固く止められている」

「この国の流行病についてのことはすでに何度か耳にしました。わたしも、殿下は部屋にお入りにならない方がいいと思います。その分も、わたしが看病いたしますので」

「ああ……。それで、具合は」

「医師の処方した薬が効いて、徐々に回復してきています。医師の話では、数日後にはほぼ元気になるだろう、と。ただ、熱のせいで体力を消耗しています。薬も大切ですが、栄養を取らなくては」

「どうすればいいのだ」

「食べられるものを食べさせています。医師から勧められたものもありますが、それよりもまずアルチェの好きなものを。水分の多いものを好むようですね。わたしが食べさせています」

アリアが話すと、ジーグはほっとしたような顔を見せる。王子というよりも、兄の顔だ。が、その顔が微かに硬くなった。

「だが本当に大丈夫、なのか」

「熱が下がれば」

「違う。お前だ」

ジーグの声が、一層切迫したものになる。

アリアは目を瞬かせる。

ジーグは緊迫した面持ちで言った。

「医師たちは、異国生まれのお前なら大丈夫だろうと言っていたが……。本当に大丈夫か。もし伝染すれば――」

「大丈夫です。妹や弟の看病をしたこともありますから、伝染を防ぐ方法も心得ていますし、医師たちの言うように、きっと大丈夫です」

「本当か」

「心配して、くださるのですか……？」

いつになく慌てているような、焦っているような取り乱しているようなジーグの様子に、アリアはつい尋ねる。

そういえば最初に口にしたのも、アルチェの容態を訊く言葉ではなく、アリアがここにいるのを咎(とが)めるような言葉だった。

答えを聞きたくて見つめると、彼はらしくなく口籠もるような素振りを見せたのち、「当然だろう」とぶっきらぼうに言った。

「お前は、俺の妻だ」

何度もそう言われてきた言葉を、今度はアリアが口にする。

「国同士の結びつきを示す妻だから……ですか……？」

「！」

途端、ジーグの表情が強張った。

深夜の廊下に広がる静寂。お互い声もなく見つめあう。

けれどどれだけ見つめても、ジーグが何を考えているのか、何を言うのかはわからない。

耐えられず、アリアはさっと目を逸らした。

「とにかく、アルチェは大丈夫です。わたしが責任を持って看病します。安心してください」

「……頼む」

「はい」

頷くと、アリアは部屋へ戻ろうとジーグに背を向ける。

次の瞬間、その背をそっと抱きしめられた。

優しく――柔らかく包むようにして抱きしめられ、その温かさにアリアは戸惑う。

振り返ることもできずにいると、

「感謝している……」

噛みしめるような、ジーグの声が届く。

「だがお前も無理はするな」

そしてさらに優しくそう呟くと、ジーグは静かに離れていく。

彼の足音が聞こえなくなり気配も消えても、温もりは身体に残ったままで、アリアはその場から動けなかった。

◆ ◆ ◆

翌日、思いがけないものが届いた。

「わあぁあぁぁ～」

部屋の扉の外に並べられていたそれらを一つ一つ持ち込むたび、アルチェはとろけるような笑顔を浮かべ、喜びの声を上げた。

寝台の上で飛び跳ねようとせんばかりの彼をなんとか宥め、アリアはテーブルの上に贈り物を並べていく。

届けられたのは、瑞々しい果実の数々、そして焼きたてのパイだ。

消毒や薬の香りに満ちていた部屋に、甘酸っぱい香りが広がる。アリアも思わず笑顔になった。

これらの見舞いの品を送ってくれたのは、他でもない、ジーグだ。

昨夜はこの部屋に泊まったアリアが、そろそろ朝食が運ばれてくる時間だろうと扉を開けると、朝ご飯の他にこれらが置かれていたのだ。

どれもアルチェの好物らしく、ジーグからだと伝えると、彼はもう全快したのではと思わせるほどの元気さで大喜びしていた。

すぐに食べたがるアルチェを「ご飯のあとでね」となんとか説得すると、アリアは寝台の端に腰を下ろし、起き上がっている彼にパン粥（がゆ）を食べさせる。

甘めに作っているそれをはふはふと食べながら、「あのね」とアルチェが言った。

「にいさまは、とてもやさしいんです。でかけたときも、いつもぼくにおみやげをもってかえってくれるんです」

「そう」

「はい。だからぼく、にいさまのことがだいすきです。たべものをくれるからじゃないですよ。やさしいだけじゃなくて、とてもかっこいいんです。かりにいったときなんて、ぼく、みとれてしまうぐらい」

「そうなの」

「はい！　アリアねえさまにもみてもらいたいな。きっともっとすきになります」

話しているうちに、口の端から粥が零れそうになる。

アリアがハンカチで拭ってやると、アルチェは照れたように笑った。

「ありがとうございます。それでね、にいさまはごほんをよんでくれるときもすてきなんです。おもしろいです。おうじさまとかまほうつかいとか、ぜんぶやってくれるんです」

「殿下が？」

そんなことまで、と驚いてアリアが尋ねると、

「はい。おひめさまのこえはへんだけど、でもぼくはだいすきなんです」

口の端にパンをつけたアルチェが、えへへ、と笑って言う。

薬が効いただけでなく、きっと見舞いの品の効果もあったのだろう。アルチェの顔色はすこぶるいい。

アリアはほっとした。ジーグも安堵するに違いない。

心から安心しながら最後の一口を食べさせてやると、アルチェは「おいしかったです」と

満足そうに笑う。

アリアは笑顔を返すと「じゃあパイと果物ね」と、腰を上げる。

(どれにしようかな……)

アルチェはどれも好きなようだが……。

迷いつつも、一番よく熟れているように見えた赤い実を一つ取り、さらにはリンゴのパイを切り分け、ベッドへ戻る。

(少し多いかしら?)

そう思いながら、アルチェを見たときだった。

「え……」

ベッドの上で半身を起こしているアルチェのその姿に、アリアは絶句した。

彼の好きな、菜の花色のパジャマ。それは昨夜着替えさせたもので、さっきまでと同じだ。

だがその中身――アルチェの姿は、さっきまでとは変わっていた。

(……ど、どういうこと……?)

アリアは混乱する。

だがアルチェは、

「うわあ。おいしそうです!」

アリアが持つ果物とパイの載った皿を見ながら、目をキラキラさせている。

それまでと同じように。

しかし――。

そう言うアルチェの頭には、ぴくぴく動く動物の耳のようなものが現れていたのだ。

いや、「ような」じゃない。耳だ。猫なのか犬なのかわからないが、動物の。

一瞬だけ髪飾りか何かだろうかと思ったが、アルチェの表情や動きに合わせて震えるそれは、間違いなく「生きて」いる。作り物じゃない。

思わずじっと見つめてしまうと、

「アリアねえさま？ どうしたの？」

黙ったまま動かないアリアを訝しく思ったのだろう。アルチェが、首を傾(かし)げながら言う。

耳が、ぴくぴく動く。

「あ…ええと……あの……」

「ぼく、はやくそれがたべたいです」

にここことアルチェは言うが、アリアはどうすればいいのかわからない。

尋ねても、いいのだろうか？ それがなんなのか――。

そう思ったときだった。

コンコン、と扉がノックされる。

慌ててアリアは振り返る。だがそのはずみで、持っていたパイを落としてしまった。

「あっ――」

「あぁぁぁぁ！」

アリアの声に、アルチェの悲鳴が重なる。次の瞬間、
その悲鳴が聞こえたのだろう。ジーグが荒々しくドアを開けて入ってくる。

「アルチェ!?」

「殿下！」

慌てて、アリアがジーグを部屋の外に出そうとした寸前。

「アルチェ……お前……！」

ジーグは呻るような声を上げると、止めようとしたアリアの傍らを足早にすり抜け、アルチェを抱きしめた。彼の頭を、隠すように。

「に、に、にいさま？？？」

アルチェは混乱している。だがジーグは、苦虫を噛み潰したような顔だ。

「馬鹿者」

そして混乱した様子のアルチェを窘(たしな)めるように、鋭く言う。軽く頭を叩(たた)かれ、アルチェは察したらしい。はっと息を呑んで頭を――そこにある耳を触ると、「どうしよう。どうしよう」とおろおろし始めた。

ジーグの瞳が、アリアを捕らえる。

アリアがごくりと息を呑むと、

「何か見たか」

ジーグの低い声がした。

「……」

アリアが応えられずにいると、ジーグはきつく眉を寄せる。そして大きく溜息をつくと、一層ぎゅっとアルチェを抱きしめた。

アルチェは泣きそうになっている。

だがアリアも、自分の見たものが信じられず、大きく混乱していた。

(耳……獣の……)

そんなことあるわけがない。けれど間違いなく見たのだ。アルチェの髪の間から覗く、獣のような耳を。

あんなものがあるということは、アルチェはいったい……。

疑問と、今まで知っていたはずのアルチェがまるで違うものに感じられてしまう不安、そして恐怖がじわじわと足下から這い上ってくる。

そのとき。

「さっさと出ていけ」

ジーグの声が冷たく響いた。

「出ていけ。アルチェの世話は俺がする」

「殿下……あ…あの――」

「お前がどうしてそんなに狼狽えているのかは知らないが、何か見たとしてもそれは見間違いだ。わかったら出ていけ。――出ていってくれ。そして忘れろ」

いつものような強い口調の中に混じる懇願するような声に、胸が震える。

見なかったことにしたい気持ちと確かめたい気持ちが入り混じる。そんなアリアの耳に、うく、うく、とアルチェの嗚咽(おえつ)の声が届いた。

はっと見れば、彼の小さな肩が震えている。

「な――泣かないで、アルチェ」

咄嗟に、アリアはそう口にしていた。

「泣かないで。わ、わたしなら平気だから」

何が平気なのか、自分でもわからない。それでもなんとかアルチェを慰めたくて、アリアは言葉を継いだ。

「泣かないで」

再び、アリアは言う。言いながら、自分も落ち着こうとするかのように。

だって今も混乱している。こうしている今もアルチェの耳はぴくぴく動いたり、ときにぺこんと垂れていたりして、それが作り物ではないと伝えてくるからだ。

けれど泣いているアルチェを見ていると、不安や恐怖よりも彼の痛々しさの方が胸に迫ってくる。

「──さっさと出ていけ」

だがそんなアリアの声を遮るように、ジーグの声が再び響く。

アリアは逡巡(しゅんじゅん)した。

言われたように、このまま出ていけばいいのだろうか？　見なかったことにして。何もなかったことにして。

けれど見てしまったことは何もなかったことにできない。アルチェだってそうだろう。このまま自分が立ち去れば、何もなかったことにできるのだろうか？　見られたことを忘れられるのだろうか。あんなに泣いているのに？

「……」

アリアはいつしかぎゅっとドレスを握りしめていた。

このまま立ち去れば、きっと彼はもう以前と同じような屈託のない笑顔を見せることはない気がする。それどころか、アリアを避けるようになるだろう。

そんなのは──嫌だ。

アリアはなんとか戸惑いを押し隠すと、そろそろとベッドに近づく。アルチェの側に。彼を護(まも)るように抱きしめているジーグの側に。

その途端、ジーグの視線が険しくなる。

「おい!?」

声を上げると、片腕でアルチェを抱きしめたまま、もう一方の手を振り上げ、アリアを追い払おうとするかのような仕草を見せる。

アリアはびくりと一瞬足を止めたものの、ジーグを見据え、ゆっくりと首を振った。

「で、出ていきません」

そして震える声で言うと、ジーグの視線はますます険しくなる。アルチェの肩が、びくんと震える。アリアは続けた。

「アルチェを泣かせたままでは、出ていけません」

そしてアリアは声を和らげると、今はジーグの腕の中のアルチェに向けて言った。

「アルチェ…泣かないで。わたしが見てしまったせいで、あなたを怯えさせてしまっているのよね」

「……」

「確かにびっくりしたし、今もまだ動揺して、混乱しているの。自分の見たものが、信じられなくて……」

「おい――いい加減に――!」

「でもね」

遮ろうとしたジーグの声を打ち消すように、アリアは声を継いだ。

「でも、それ以上にあなたが泣いているのを見るのは悲しいの。だから…だから…わたしなら大丈夫だから、もう泣かな——」

「『大丈夫』!?」

その途端、ジーグが声を荒らげた。

彼はアルチェを抱きしめたまま、アリアを睨むと、荒々しい口調で続ける。

「アルチェの様子を見て動けなくなるほど混乱していたのに、『大丈夫』？　今もまだ動揺していると言っておいて、大丈夫だと!?」

「それは——」

「混乱しているなら、動揺しているなら、早く出ていけと言っているんだ。お前がこれ以上ここにいる理由などないだろう！　それとも泣いているアルチェを見ているのが楽しいのか!?」

「違います！」

あんまりな言いように、アリアは気色ばんで言い返した。

確かにジーグが言ったとおり、そして自分でも言ったとおり、動揺しているし混乱している。狼狽している。けれど同時に、目の前で泣いているアルチェをなんとかしたいと思っているのも本当なのだ。

さすがに気まずそうに黙るジーグを強い視線で見つめると、アリアは続ける。

「確かに、驚きましたし混乱しました。今も戸惑っています。まさかあんな…獣の耳のようなものを目にするとは思ってもいませんでしたから。でも……」

言いながら、アリアは再び二人に近づく。

そしてすぐ側まで来ると、そろそろとアルチェに手を伸ばした。

「何を――」

その手を捕まえようとしたジーグの手をすり抜け、アルチェの髪を撫でると、まだそこから顔を覗かせている耳を撫でた。

「アルチェに泣きやんでほしいのも本当の気持ちです。わたしは今まで何度も、アルチェの笑顔に励まされました。本当の弟のように思っています。だから理由はなんであれ、アルチェが泣いているのを見るのは苦しいのです」

「……」

「そしてその理由がわたしなら……話をして安心させたいと思うのです。驚いたけれど、これを決して嫌っているわけじゃない、と……」

そしてアリアは、幾度も優しく耳を撫でる。すると、最初は緊張のあまりか恐怖のせいか硬くなっていたそれは、次第に柔らかくなっていく。それと同時に、アリアも自分の心が次第にほぐれていくのを感じていた。

見たときは驚いたけれど、思いきって触ってみれば柔らかくて温かで——なんだか可愛らしい。

見慣れないものがここにあることへの恐怖はまだすべて拭えていないけれど、よくよく見れば、アルチェの愛らしい容姿には、むしろ似合っているとも思えるほどだ。

アリアの手の動きに合わせてぴるぴる動くそれを繰り返し撫でていると、愛しさが増していく。

すると、

「……ほんとう？」

アルチェの、小さな声がした。

アリアが耳を澄ませると、

「ほんとう？　いやじゃないの？」

アルチェは重ねて尋ねてくる。

アリアが即座に「ええ」と頷くと、俯いていたアルチェがおずおずと顔を上げる。まだ表情は硬く、大きな瞳には涙が浮いているが、もう泣いてはいない。

アリアはその涙を優しく拭うと、「ええ」と、笑顔でもう一度頷いた。

見つめあっていると、アルチェの表情が、ゆっくりと和らいでいく。

その表情を見つめながら、この耳はいったいどういうことなのかアルチェに尋ねかけたとき。

「離れろ」

ジーグの冷たい声がしたかと思うと、アルチェを撫でていた手を摑まれ、引き剝がされた。

戸惑うアリアの視線の先で、灰色に光る目が、スイと眇められる。

「なるほど。少し普通の女とは違うようだな。だが、これでも平気か?」

そしてそう言うと、アリアの手を離し、アルチェを抱いていた腕を解いて、ベッドを下りる。

何が起こるのだろうかと思った次の瞬間。彼の身体は大きな狼になっていた。

「!」

アリアは息を吞んだ。

彼も――ジーグも普通の人と違っていたなんて。

しかも、耳だけを見せていたアルチェと違い、すべてが狼に変化している。アリアは驚くと同時に、その大きさと猛々しさに身が竦むのを感じた。

思わず後ずさると、ジーグはじりっと近づいてくる。

低く呻りながら近づいてくる獣は、さっきまでジーグなのだとわかっていても、恐ろしくてたまらない。再び下がるが、狼はさらに近づいてくる。その鋭い爪が、ドレスにかかった。

「きゃあっ――」

思わず声を上げて下がったが、いつしか壁に追いつめられる。

じりじりと近づかれ、恐怖に声も出なくなる。

しかし、そのとき。

狼は、ふわりとジーグの姿に変わる。裸体だ。だが赤面する余裕もない。

狼との対峙(たいじ)から解放された瞬間、膝(ひざ)から力が抜け、アリアは壁づたいにずるずるとしゃがみ込む。

(彼も…彼が狼だったなんて……)

今までにも勝る混乱に翻弄され、壁に縋るようにして震えていると、

「恐ろしいのだろう?」

頭上からジーグの声がした。

まだ怖さに震えたままのアリアが見上げると、ジーグは表情の見えない貌で言った。

「責めるつもりはない。それで当たり前だ。強がる必要はない」

そしてジーグは、裸のまま、ベッドの上にいたアルチェをひょいと抱き上げる。そしてアリアに背を向けたまま言った。

「アルチェも、別の部屋に移す。もう他の者に任せても大丈夫だろう。今までよく看病してくれた。改めて礼を言う」

「殿下……」

「婚姻を破棄したいのなら明日にでもこの城から出ていくがいい。手はずは整えてやろう。なんなら、今でも構わぬが」

「殿下」

素っ気なくいうジーグの声は、まだショックが続いているアリアの耳には、一言一言が刺さるかのようだ。だがその辛さに耐えながら、アリアは声を押し出した。

「い…今までそれを隠していらしたのですか。狼に、変われることを」

「そうだ」

「隠して、わたしと結婚を……？」

「そうだ」

「どうし――」

「言えば嫁ぐ気にはならなかっただろう。だが俺は国のために結婚し子をなす必要があった」

「だから隠して……？」

「そうだ」

機械的に繰り返される短い答えは、さらにアリアを打ちのめす。

ジーグが狼だったこともショックだが、それを今まで隠されていたこともショックだ。確かに――確かに彼が隠していた理由は理解できるけれど、それでは自分は本当に国同士の政略結婚のための相手としか見られていなかったのだと思い知らされる。

そんなに大切なことを黙っているなんて。隠そうとしていたなんて。しかも、今という機会がなかったなら、きっと彼は隠したままだったのだろう。

けれどそこで、アリアの胸の中に一つの疑問がわいた。

狼の姿を見せたジーグ。今まで隠していたものを見せた彼。けれどどうして、それを露わにしたのだろう？

アルチェに獣の耳があったのは確かに見たが、ジーグにその気配はなかった。アルチェを庇っていたのも、ただ弟を守ろうとしていたのだとばかり思っていた。まさか彼もまた狼だとは、思ってもいなかったのに。

「……殿下」

「なんだ」

「殿下は隠していたとおっしゃいました。でも——では、どうして今、狼のお姿になられたのですか？　隠していたお姿をお見せになったのですか。どうして隠すのをやめ——」

だが、アリアがすべてを言い終える前に、ジーグはもう話すことは何もないというように、アルチェを抱えたままドアの方へ足を向ける。

目が合ったアルチェは、まだいくらかおどおどしているような、申し訳なさそうにしているようにも見える表情だ。その表情も、ほどなくジーグの肩の陰に消える。

アリアは二人が出ていくのを、見送るしかなかった。

ジーグは彼をベッドの上に下ろしてやる。自分の部屋までアルチェを抱えて戻ってくると、アルチェは「うん……」と頷いたものの、元気がない。

「ほら——しばらくここで休んでいろ」

「まだ身体が辛いのか」

尋ねながら、ジーグは新しい服に袖を通す。アルチェはもちろんのこと、城内の者たちもジーグが人狼だということは知っているから、裸でいたところで何を咎められることはないものの（わけあって狼の姿になったのだと思われるだけだ）、だからといってずっと裸体のままでいるわけにはいかない。

するとアルチェは、ベッドに座り込んだまま「ううん」と首を振る。ややあって、じっと見上げてきたかと思うと、

「ごめんなさい、にいさま」

震えた声でそう言うなり、またぽろぽろと涙を零し始めた。ジーグは慌てて、その肩をそっと抱きしめた。どうやら、動揺はまだ完全には治まっていなかったようだ。

「気にするな」

ジーグは安心させるようにアルチェを抱きしめてそう言ったが、

「きにします」

アルチェは涙声で言う。

その変な頑(かたく)なさに、ジーグは小さく笑った。

「仕方がない。病で気が緩んでいたのだろう」

「びょうきとおいしいにおいのせいです」

「では半分は俺のせいだな」

「そんなことありません！　にいさまのせいじゃないです！」

「そうか」

「はい。あ……でもぼくけっきょくなにもたべていません……！　どうしよう。せっかくにいさまがくれたのに」

「気にするな」

「きにします！　おいしそうだったのに……！」

「あとでまた届けさせよう」

慰めるように言うと、アルチェは深く頷きながら、ぐすん、と鼻をする。パジャマの袖で涙と鼻水を拭うと、再びジーグを見つめていった。

「ありあねえさまはどうおもったでしょうか。だいじょうぶ、っていってくれたけど、ほんとうかな」

「…………」

「にいさまのことはこわがってたね」

「…………」

「ぼくとはなかよくしてくれるかな」

「お前は小さいからな」

「ちいさいとだいじょうぶなの？」

「ああ——多分な。そんなものだ」

「でもにいさまのおよめさんだから、にいさまとなかよしじゃないとだめなんだよね」

アルチェの言葉に、ジーグは苦笑した。

自分たちが「なかよし」になる可能性はとても薄いだろう。

ただでさえ上手くいっていなかったのに、正体を見せた自分をあの女が受け入れるわけがない。

人狼の、自分を。

(破談――か)

改めて思うと、自分へ向けて嗤いが漏れた。

『では、どうして今、狼のお姿になられたのですか？　隠していたお姿をお見せになったのですか』

アリアの声が耳の奥に蘇る。

――まったくだ。

どうして自分はあんな真似をしてしまったのか。隠さなければと思ってたのに。ずっと隠していたのに。しかも、この城から出ていくならその手伝いをしてやるとまで……。

今まで耐えていたのが水の泡だ。おかしくなったとしか思えない。

ジーグはふっと息をつくと、再び、今度は自嘲するかのように薄く笑った。

まったくだ。まったく、自分はどうかしている。

だがあのとき――ふっと思ってしまったのだ。この女ならば打ち明けてもいいのではないかと。受け入れてくれるのではないかと。アルチェに優しく手を差し伸べたように。

(どうかしていた)

『これでも平気か』と尋ねた自分に『平気だ』と応えて欲しかったのだ。

そんな上手い話はあるわけがないのに、しかも相手は今まで散々冷たくしてきた女で――

冷静になって考えれば受け入れられるわけなどないのに――魔が差した。

自分の愚かさに溜息が出そうになる。だが仕方がない。あのときはそれを期待してしまったのだ。

『大丈夫』

あの女がそう言って、アルチェの耳を優しく撫でたから。

「にいさま」

すると、そろりとアルチェが呼んでくる。

ん、と顔を向けると、アルチェは不安そうに眉を寄せた。

「にいさま、だまらないで。こわいよ。やっぱりぼくのことおこってますか？」

小さな声での訴えに、ジーグは苦笑を深める。「いいや」と首を振ると、アルチェは今度はどこか寂しそうな顔を見せた。

「じゃあ、ありあねえさま？　ねえさまとはなしてたときのにいさまは、ちょっとこわかったよ。にいさまはありあねえさまがきらいなの？」

「……お前にはまだ難しい話をしていただけだ」

「ほんとう？」

「ああ」

「ねえさまは、やさしいよ？」

「そうだな」

「ぼく、びょうきがなおるまでずっとひとりでいないといけないっていわれてたのに、ねえさまがきてくれたの。すごくうれしかった。ずっといっしょにいてくれたよ。よるもずっと」

「そのようだな」

「そうだよ。やさしいよ。なのに…にいさまはきらいなの？」

おそらくは深い考えなどなく、けれど躊躇いなく核心を突いてくるアルチェに、ジーグは貌を曇らせる。

答えないまま、寝台から腰を上げた。

「昼食まで、少し眠れ。治りかけが肝心だ」

「……」

「いいな」

「うん……」

ジーグが重ねて言うと、アルチェはおずおずと頷く。ジーグはそんな弟の髪を優しく撫でた。

「眠っている間に、近くの部屋を使えるようにしておく。昼食を食べたらそこに移れ」

「……ありあねえさまは……？　ねえさまはきてくれる？」

アルチェは無邪気に尋ねてくる。ジーグはゆっくりりと頭を振った。

「もう来ない」

「え――」

「来てもらう必要もないだろう。今のお前なら、もう誰が看病しても大丈夫だ」

「でも……」

「あの女は、俺やお前が人狼だと知った。これ以上は接触しない方がいい。怖がられて避けられて、逃げられたいか？」

「！　やだ！　でもねえさまはだいじょうぶだって――」

言いかけたアルチェの頭を、ジーグは再びそっと撫でた。

「わかったら、あの女と必要以上に関わるのはやめろ。『平気だ』『大丈夫だ』と口では言っていても、本心はわからん」

そしてアルチェが横になったのを確認すると、ジーグは部屋を出ていこうとする。

しかし部屋を出ようとしたその寸前。

「でも……」

アルチェの声がした。

「でも、ねえさまはやさしいよ……」

ジーグは一瞬だけ足を止めたけれど、何も言わず部屋をあとにした。

◆　◆　◆

それからというもの、ジーグはそれまでにも増してよそよそしくなった。

アリアは話をしようと何度か彼のもとを訪れたが、会ってはもらえず、顔を見られるのは相変わらず彼が部屋に来たときだけだった。

しかしその逢瀬(おうせ)はそれまでと同じように——否、それまで以上に素っ気なく、彼はほとんどアリアの顔を見ることもなく、義務のように抱くだけだった。

「殿下——」

ベッドの上、のしかかってくるジーグの身体の下で、アリアは切なさに胸を痛めながら踠(もが)き、声を上げた。

ちゃんと話をしたい。二人のために。しかし、返事はなく、抵抗しても力ずくで押さえつけられるばかりだ。

「殿下、少しだけでも、話を——」

「必要ない」

「殿下……っ――」

「話など不要だ。俺の正体を厭（いと）うなら、早くここから出ていけばいいだけのこと。手はずも整えてやると、そう言っているはずだ」

「そん…んんっ――」

「そうせずお前がここに居続けるなら、俺はお前を抱くまでだ。否（いな）は言わせぬ」

「あっ――」

義務にしては執拗（しつよう）な、貪るような口づけの合間になんとか言葉を継ぐが、返ってくるのは冷たく突き放すようなそれだ。さらに続けようとした寸前、胸もとに口づけられ、声はくぐもった呻きに変わる。

「ぁ……っあ…殿下……っぁ……っ」

柔らかなふくらみの、その色づいた先端を吸われると、身体が溶けていくような快感が体奥から込み上げ、何もできなくなってしまう。

「つぁ……ん……っ…んんっ――」

舌先でくすぐるようにして弄（いじ）られたかと思うと、きゅうっ……っと強く吸い上げられ、そのたび、その甘美な刺激に背中が撓る。

彼に触れられるたび、そこはますます敏感になり、次から次へと新たな快感を連れてくる。

「ぁ……つふぁ……っあ……あァ……ッ――」

やがてジーグの指は、口づけと胸もとへの愛撫ですでに滴るほどに潤っているアリアの秘部へと触れてくる。

そろりと探るようにして触れられた次の瞬間、花芯を指先で捏ねるようにして弄くられ、アリアは白い喉を反らして身悶えた。

「や……っあ……ぁ…だ、め……っ……」

感じすぎる身体が怖くて、つい逃げるように身を捩ってしまう。だがその身体は、すぐにジーグに縛められた。

「おとなしくしていろ」

真上から見据えられ、息を呑んだ次の瞬間。大きく脚を開かされ、容赦なく貫かれる。

「あぁ……っ――」

潤んだ媚肉を一気に穿たれ、アリアは高い声を上げて達していた。

びくびくと震える身体。その身体を、ジーグはさらに深く貫き、揺さぶり始める。

「ア……っぁ……あ、あぁっ…あ、ぁ、ぁあっ――」

アリアの口から、立て続けに嬌声が溢れる。

一度達したせいでより鋭敏になった身体は、少しの刺激でも如実に反応を示してしまう。

自分の身体が受ける大きすぎる快感に、アリアは為す術なく咽び泣いた。

「ア…あ、ぁ…あ、ア……あぁ……ッ」

ジーグに突き上げられるたび、身体の奥まで快感が突き抜けていく。

ぐちゅぐちゅと音を立ててそこを穿たれるたび、頭の中が真っ白になっていく。

激しく揺さぶられるたび、熱は跳ねるようにしながら身体の隅々まで広がり、そこを端から溶かしていくほどなのに、そうして身体が悦べば悦ぶほど、心は行き場をなくしてしまう。

それが悲しくて、アリアはいやいやをするように幾度となく頭を振った。

息が熱い。こんな状況なのに、快感を覚える身体が嫌だ。

ジーグの逞しい熱を悦び、もっともっとねだるようにさざめく身体が嫌だ。

けれど快感に正直な身体は、ジーグの律動に合わせて一層深い快感を覚え、甘く濃い官能の中に沈んでいく。

「あ……あ……や……いゃ……っ……」

激しく深く貫かれ、アリアは体奥から溢れてくる快感を恐れるように頭を振る。一度容易く達したのに、また達してしまいそうだ。

だが、そんなアリアの態度や声をどう受け取ったのだろうか。

ジーグは苦しげに——切なげに眉を寄せると、一層激しく腰を打ちつけてくる。

「あ……っあ、あ、あァ……っ」

「つ——」

「あ……殿下……っぁ、あ……ジーグ……っ」

「逃げればいいのだ――さっさと――俺を厭うなら――」

「!? ジ…殿下…なにを…ぁ……あ、ァ……ッ――」

「俺の側から――」

「ア、ゃ……あ、あぁっ……っァ……!」

ぐちゃぐちゃになる頭の中に、ジーグの声が滑り込んでくる。なのに返事ができない。尋ね返したいのに、それもままならない。激しく揺さぶられ繰り返し突き上げられるたび、快感以外のすべては霧散してしまう。

「あ…あ、あ、ァ…あぁああァ……っ!」

そして一際激しく腰を突き込まれたその瞬間、アリアは体奥から熱いものが込み上げる感覚を覚え、高い声を上げて達していた。

腰の奥が、全身が溶けるようだ。溶けて崩れて為す術なく流される。

すると次の瞬間、ジーグがぐっと奥歯を噛みしめたような鈍い音が微かに聞こえ、続いて、身体の奥深くに温かな熱が広がっていくのを感じる。

肩で息をしている彼は、それまでと違い――それまでよりも苦しげな、切なげな様子だ。

アリアはそろそろと手を伸ばすと、彼の腕に触れようとする。しかしその寸前、

「っ」

ジーグは何かを振り切るように一つ頭を振り、そのままアリアから身体を離し、背中を向

けてしまう。

ほどなく、彼は身支度を整えるとベッドから腰を上げた。

今まで何度も繰り返された夜。

けれどたまらず、アリアは今夜、その背に向けて声をかけた。

「殿下――」

ジーグの足は止まらない。それでも、アリアは再び声をかけた。

「殿下――わたしは、殿下を厭うていません」

身体を無理矢理に動かし、ほとんど叫ぶようにして言ったが、掠れた声では届いたのかどうかわからない。

ジーグの背中は留(とど)まらず、振り返らず、アリアはまた、一人になった。

◆◆◆

数日後。

「姫さま、少しお痩(や)せになりましたか?」

アリアは、テュールから連れてきたお針子であるシジュにそう尋ねられ、答えられずに苦笑した。自分ではわからないけれど、ずっとお針子をしてくれている彼女が言うなら、きっとそうだろう。

城に出入りしている仕立屋が誂えてきたドレスに細かな調整を施しながら、シジュは答えを待つように見上げてくる。仕方なく、アリアは「さあ……」と曖昧に返事をした。

途端、シジュが困ったように眉を下げる。アリアはますます苦笑すると、「そうかもしれないわ」と言い直した。

実際、このところはあまり食欲がなくて食べていない。原因はわかっている。ジーグのことだ。

けれどそれが表に出てしまっていたとは。

心配そうな顔を見せるシジュに、今度はアリアはなんとか微笑んでみせた。

「大丈夫。少しだけよ」

「……」

しかしシジュは訝しむような表情のままだ。

アリアは彼女を誤魔化そうとすることをやめると、近くにあるソファに腰を下ろした。

「お疲れですか」と尋ねてくるシジュに首を振ったが、彼女は気を遣ってか「少し休みましょう」と提案してくる。そしてメイドにお茶を頼むと、ほどなくやってきたお茶を、アリアの前に出した。

アリアはカップを取ると、ゆっくりと、一口飲んだ。

温かさがじわりと胸の中に広がり、自分が気を張っていたことを知る。

アリアはふっと息をついて言った。

「ありがとう、シジュ」

「いいえ。疲れていらっしゃることに気づかず申し訳ございません。今日はもう、ここまでにしておきましょうか」

シジュが、心配そうに尋ねてくる。

今回届けられたドレスは十着ほど。公式の場に赴く際に身に着けるものもあれば、ごく親しい内輪の集まりに着ていく程度のものまで、その色も種類も様々だ。

王女としてテュールで暮らしていたときも、ときに父とともに行事に参加していたから、身だしなみが肝心だということはわかっていたつもりだが、ジーグの妃ともなればその重要さも一層のようだ。

季節ごとにいくつもいくつもドレスが増えていく。

そうして出来上がって届けられるドレスの細かな調整をするのが、シジュの仕事だ。きちんと採寸して数度の試着を経て作ったドレスであっても、いざ出来上がってみると、やはり微調整が必要になる。

アリアとそう年の変わらないシジュは、アリアがまだ子供のころからアリアの服を作ってくれていて、今では単なるお針子以上の、友人とも思える相手だった。

アリアはもう一口お茶を飲むと、「大丈夫」と微笑んだ。

今度は、心から。

ジーグとのことについてはまだ気が重いままだが、疲れているわけではないのだ。それに
シジュがこうして気遣ってくれたおかげで、ずいぶん元気になれた。

加えて、美味しいお茶のおかげで気分もいくらか楽になったからだろうか。

アリアは、また一口お茶を飲むと、

「でも……」

と、今まで自分一人で抱えていた想いを、自然と口にしていた。

「結婚するって、難しいのね。相手のことを何も知らないんだもの」

「何か、ございましたか？」

「……」

シジュの問いに、アリアは小さく首を傾げた。

事実を伝えるなら、何か「あった」。とてもとても大きなことが。けれど、今自分を悩ま
せている原因は、そこではない気がしたためだ。

「結婚相手が人狼だった」ということは、本来なら驚くべき事実なのだろう。実際、正体を

知らされたあのときは――狼に姿を変えたジーグに詰め寄られたあのときは、直前に見たアルチェの耳の様子や、その後打ち明けられたこの国の不思議な秘密に戸惑っていたせいもあって、驚かずにはいられなかったし、恐怖を覚えた。

それまでは自分と何一つ変わらない人の姿で――それどころか、他には見ないほど堂々とした立派な、そして美しく精悍な王子姿だった彼が、みるみる狼に変わったのだ。大きく猛々しい獣に。しかも威嚇するかのようにじりじりと詰め寄られれば……。

(でも……)

アリアは、あのときの自分を思い出し、溜息をついた。

でも――。

でもあのときの狼は、間違いなくジーグだったのだ。どんなに大きくてもどんなに猛々しくても、危害を加えるようなことはしなかっただろう。恐れる必要などなかったのだ。

それなのに。

アリアはまた一つ息をつくと、心配そうな顔をしているシジュに苦笑した。

「何もないわ。ただ、難しいのね、って思っただけ。国のための結婚でも、顔を見たことのない人との結婚でも、わたしは殿下と仲良くしたかったの。でも、そんな気持ちだけじゃ上手くいかないのね」

それどころか、彼に嫌われている。そして彼に信用されていない。

『俺を厭うなら――』

彼の言葉を思い出すたび、胸が痛くなる。彼は、アリアも彼を嫌っているのだと思っているのだ。

「姫さま――」

すると、顔を曇らせたアリアを気にしたのだろう。

シジュが心配そうな声で呼びかけてくる。

アリアがいつしか俯いていた顔を上げ、返事をしようとしたそのとき。

コンコン、と扉がノックされる。

そして姿を見せたのは、なんとアルチェだった。

彼は「こんにちは」と挨拶すると、従者らしい数人の男とともに入ってくる。しかも従者たちは、手に手に籠いっぱいの花と菓子を持っていた。

彼らは入ってくるたびに、次々とそれらを置いていく。アリアの部屋は、あっという間に甘い香りに包まれた。

シジュはあまりのことに啞然としている。

アリアも目を丸くしていると、アルチェは微笑んで言った。

「おひさしぶりです、ありあねえさま。ねえさまがかんびょうしてくれたおかげで、ぼく、げんきになりました。これはおれいです。ねえさまのすきなものがわからなかったので、いろいろもってきました」

　そしてアルチェは、「ありがとうございました」と再び微笑む。アリアは恐縮せずにいられなかった。

「アルチェ……。そんなこと気にしなくていいのに……」

　当然のことをしただけなのに、とアリアは言ったが、アルチェはにこにこしているばかりだ。

　しかし、見舞いの品を置いた従者たちが部屋から出ていってしまうと、その表情がふと神妙なものに変わる。

　彼はじっとアリアを見つめてくると、不安そうに尋ねてきた。

「あの、ねえさまはぼくのことすきですか」

「え……」

　その問いの真意が「あの日」の出来事にあることは、すぐに知れた。

　アリアはシジュに向くと、席を外して欲しいと告げる。出ていったのを確認すると、アリアはアルチェに「どうぞ」とソファを勧めた。

　座ったアルチェに、お茶を出す。

　砂糖とミルクをたっぷり入れたそれをアルチェが美味しそうに飲むのを見つめながら、

「あのときは、ごめんなさい」

アリアは改めて彼に謝った。

「その…急なことだったから、驚いてしまって」

「しかたないです。ぼくのほうこそごめんなさい。おどろかせて」

「あなたが謝ることなんかないわ」

アリアは首を振る。そしてまっすぐにアルチェを見ると、伝わるようにと願いながら言った。

「わたしは、アルチェのことが好きよ。それはずっと変わらないわ。大丈夫だと言った気持ちも本当。驚いたけれど、嫌いではないわ」

彼に——そして彼の兄にもこの気持ちが伝われば、と。

するとアルチェはじっとアリアを見つめ返し、やがて、ほっとしたようににっこり笑う。

「よかったあ……」

そう言うと、残っていたお茶をごくごくと飲み干す。アリアはすぐにもう一杯、ミルクと砂糖入りの甘い紅茶を彼に渡した。

受け取るとアルチェは一杯目よりももっと美味しそうにそれを飲む。

元気になった彼のその様子に微笑むと、アリアはずっと気になっていたことを口にした。

「ねえ、アルチェ」

「なんですか？」

「その…あなたたちのことをもう少し詳しく訊いてもいいかしら。つまり、人狼のことを」

そう。実はその詳細も、ずっと気になっていたのだ。彼や彼の兄、ジーグが人狼だという
ことはわかったものの、それ以上のことは何もわからないままだったから。

するとアルチェは少し考えるような顔を見せたのち、ぽつりぽつりと話し始めた。

それによれば、この国の民は、その程度の違いはあるものの、ほとんどが人狼らしい。

アリアはその話に、驚かずにいられなかった。

「みんな？　みんな人狼なの？」

「そうきいています。といってもふつうのひととあまりかわらないひともおおいとか。

ぼくたちは、そうじゃないですけど」

「……」

「そのなかでも、にいさまはすごくつよいんです。すごくつよくてかっこいいんです。でも
…ねえさまはこわいですか？」

「え……」

「にいさまはぼくみたいにみみをだしたりしませんよ。ふだんはぜんぜんふつうです。それ
でもこわいですか？」

不安そうに見つめられる。アリアは「いいえ」と頭を振った。

「怖くないわ。あのときはびっくりしてしまったけれど、怖くはないわ……」

噛みしめるように、アリアは言った。

怖くない。人狼でも、それがジーグならば。けれどそれを彼に信じてもらえる術を、アリアは持っていない。

過日の自分の態度を、アリアは今更ながらに後悔する。

あのとき、もっと違う反応をしていれば――。

「怖くないわ。でも…ジーグには嫌われてしまったみたい」

俯きそうになるのを堪えて、アリアは言う。アルチェに不安な顔は見せられない。

だがアルチェは何かを察したらしい。アリアを見つめてくると、「なかなおりすればいいです」と訴えるようにして言った。

「なかよしになればいいです。ぼく、ねえさまもにいさまもすきだから、なかよくしてほしいです」

幼い子の懇願に、アリアは胸が痛くなるのを感じつつも叶えてやりたいと思ってしまう。

けれどそんなことできるのだろうか……？

「できるかしら」

アリアが訊くと、アルチェは「なかよくしてほしい」と言った自分の言葉を忘れたかのように、「うーん」と首を傾げる。

しかし数秒後、アルチェは何かを思いついたように、ぱっと顔を輝かせた。

「にいさまのすきなものをおしえます！」

そしてそう言うと、ぱっとソファから飛び下りる。アリアの側にやってくると、笑顔で「おしえます！」と繰り返した。

「殿下」

声とともに軽く肩を揺さぶられ、ジーグははっと我に返った。すぐ側にはロワールがいる。彼の声だったのだ。

そして目の前には、隣国の様子を報告に来てくれた斥候兵の一人が、訝しそうな顔で立っている。

ジーグは慌てて表情を取り繕うと「わかった」と頷いた。

本当は、何も耳に入っていなかった。だがそう言うわけにはいかない。あとで改めてロワールに聞こうと思いながら「ご苦労だった」と続けると、男は一つ頭を下げ、部屋を出ていく。

彼の気配がなくなると、ジーグは思わずふーっと溜息をついた。

仕事中に集中力を欠いた自分に対して、つい顔を顰めてしまうと、

「お疲れですか」

途端、それを気遣うようにロワールが尋ねてきた。

ジーグが「いや」と軽く首を振ると、彼は、今しがた報告されたことをジーグに復唱してくれる。じっと見つめてくるその瞳は、心配しているようでも、どこか楽しんでいるようでもある。

視線の意味に気づき、ジーグはロワールを睨んだ。

「言っておくが違うぞ。そういう推測はやめろ」

「どういう推測ですか」

「……」

夜のことについて邪推するなと釘を刺したつもりがしれっと言い返され、ジーグは顔を顰める。

それがおかしかったのか、ロワールは小さく笑った。

他の者ならとてもではないができない振る舞いだし、ジーグもそれを許してはいないが、この幼馴染みは少し別だ。身分は違うものの、昔から誰よりも親しい親友同士として、ときに悩みを打ち明けあったこともあるし、今のように、ロワールがジーグをからかうこともな

いことではなかった。

　とはいえ、ロワールは礼儀と加減を心得ている。彼はほどよくからかいの気配を拭うと、穏やかに続けた。

「話によれば、アリアさまは美しいだけではなく、お優しい方のようではないですか。アルチェさまの看病については、医師たちも感心していたとか。『憶測』はいたしませんが、お二人が夫婦として上手くお過ごしであれば、一臣下の身としてはこれほど嬉しいことはございません」

「俺もアルチェの件に関しては感謝している。だが…問題があった」

「どうなさいましたか」

「ばれた」

「は？」

「正体がばれた」

「ば――」

「人狼だとばれたのだ」

「なぜですか」

　ぶっきらぼうな荒い口調で言うジーグに、ロワールは目を丸くする。ジーグは顔を顰めて続けた。

「具合が悪くてぼうっとしてしまったのだろう。アルチェが耳を出していたのだ。それで──」

「アルチェさまのことなら、なんとでも誤魔化せましょう。なのになぜ殿下御自身の正体が──」

「見せた」

「は」

「見せたのだ。俺の…狼の姿を」

ジーグが打ち明けると、ロワールはぽかんと口を開けたままになる。やがて、彼は心底戸惑った様子で言った。

「どうしてそのような……」

「アルチェに驚かなかったからだ」

「受け入れてくれるだろう、と？」

「……」

図星を突かれ、ジーグは黙り込む。さすがにつきあいが長いだけはある。

そんなジーグに、ロワールは「殿下……」と溜息をつく。ジーグも溜息をついた。

「魔が差したのだ。案の定、あの女は俺を恐れた」

瞳に驚愕の色を濃く浮かべ、慄いていたアリアの表情を思い出し、ジーグは眉を寄せる。

「だから早々に破談になると思っていたのだ。だが――…あの女は逃げぬ。なぜだ。国のための結婚相手なのだ。その相手が異形と知れたら逃げ出すのではないのか」

ジーグは硬い声音で、独り言のように続ける。

あの日、正体をさらしてからというもの、いつアリアが逃げ出すだろうかとばかり考えていた。

夜だって普段にも増して手酷く抱いた。あの甘い香りがどれだけ自分をおかしくさせようとしても。

それなのに、あの女はまだこの城にいる……。

いったいどうしてなのか。

この数日は、それればかりを考えている。

『わたしは殿下を厭うていません』

そう言ったあの女の声ばかり思い出している。

なぜ、彼女は――。

そう思ったときだった。

「愛しているからではないのですか」

ロワールが言った。

ジーグは驚いて彼を見る。彼は穏やかにジーグを見つめていた。

「妃殿下が、殿下を愛していらっしゃるからではないですか」

「獣だぞ」

「ですがそうとしか思えません」

「……」

「それに殿下は普段は普通の人間の姿をなさっています」

「今のところはな」

「どういうことですか」

「あの女といると、ときおり自分を失いそうになることがある。だからなおさら嫌なのだ。

『いつか』去られるのではないかと思うことが」

吐き捨てるようにしてジーグが言うと、ややあって、ロワールはなぜか苦笑する。

「なんだ」

その意味がわからず、ジーグが憮然と問うたが、ロワールは「いえ」と言葉を濁すようにするばかりだ。

ジーグが睨むと、彼は微笑み、「一度話しあってみてはいかがですか」と諭すように言う。

ジーグは「そうだな……」と小さな声で応えたものの、また怖がられたらと想像すると、どうしても決心がつかなかった。

◆
◆
◆

「ええと……確かこの辺り…に……」

森の奥の茂みを掻き分けると、アリアはアルチェが教えてくれた果実を探すために、さらに奥へ奥へと足を踏み入れた。

今日の彼女は、町娘のような簡素な格好だ。「殿下との仲のためだから」とシジュに頼み込み、調達してもらったものだった。

アルチェがやってきた翌日、アリアは森へやってきていた。

彼から、ジーグの好物の話を聞いたためだ。ジーグは、森で採(と)れる果実や木の実をたくさん入れたケーキが好きらしい。

アルチェは言った。

『にいさまは、むかしからあのけーきがだいこうぶつなんです。あ。でもこれはひみつですよ。ひとつまるまるたべるぐらいすきなんです。いつもはぼくにもっとたべろっていうんですけど、あのけーきはひとりでたべようとするんです。ぼくにもちゃんとくれるけど』

昨日を思い出し、アリアはくすりと笑った。

甘いケーキをまるまる一つ食べるジーグなんて想像がつかないけれど、アルチェが言うなら本当なのだろう。アルチェがジーグを尊敬しているように、ジーグもアルチェをとても可愛がっているのがわかる。彼の前では、王子というよりも「兄」になっているに違いない。

仲のいい兄弟だ。

（ニーナとレイは今ごろどうしているかしら……）

ジーグとアルチェに触発されたかのように、アリアが自らの妹と弟を思い出しながらきょろきょろと辺りを探していると、

「あ、あった」

アルチェが教えてくれたところとは少し違っていたが、地を這うような蔓が見え、朱く色づいた果実が見つかる。近づいて見てみると、小指の先ほどの大きさのそれは、葡萄のような苺のような甘い香りを放っている。

アリアはしゃがみ込み、丁寧にその実を採ると、持ってきた籠に入れていく。だが、ケーキに入れるにはまだ足りなさそうだ。

（もう少しあった方がいいわよね……）

ただでさえ美味しく作りたいものなのに、今回は仲直りのためだ。できるなら「多すぎる」くらいにしたい。

アリアは立ち上がると、ふうと息をついた。

もう少し奥まで行ってみよう。

初めて来るところだから不安だけれど、来た道は覚えている。もう少しぐらいなら大丈夫だろう。

(ナフィナは心配しているでしょうけど……)

言えば止められるだろうと思い、彼女には秘密で出てきてしまった。

シジュが上手く言ってくれていればいいけれどと思いつつ、アリアはさらに奥へと足を進める。

そのときだった。

「!?」

耳もとでひゅうっ、と風を割くような音がした直後。足下の茂みに、矢が突き刺さった。

「え……」

(どういうこと!?)

頭が混乱する。そしてじわじわと、恐怖に身体が竦む。

射かけられた？

どうしてと思うその耳に、馬のいななきと犬の吠(ほ)える声が聞こえてくる。さらには人の大声が。

「こっちだ！　こっちに回り込め！」

次いで再び、犬がけたたましく鳴く声がする。

狩りだ――。

アリアは慌てて辺りを見回した。

実際に自分が経験したことはないが、今まで父に聞いた、狩りの様子にそっくりだ。そして矢が飛んできたということは、この辺りに獲物がいるか、自分が狩られる動物と間違えられているに違いない。

逃げなければ。

このままでは誰かに射られてしまう。

アリアは血の気が引くのを感じながら、来た道を戻ろうとする。だが、混乱しているからか恐怖のせいか、上手く身体が動かない。

せめて声を出して違うと伝えたいけれど、喉も張りついたように動かない。

「あっ――！」

そうしていると、再び矢が飛んでくる。

（にげ…逃げないと……っ）

アリアはなんとか自分を奮い立たせると、動かない身体を必死で動かし、とにかく人や犬のいない方へ逃げる。森の奥へと隠れるように。

だが、いくらか逃げてほっとした次の瞬間、

「きゃあっ――」

草に足を取られ、アリアは足を滑らせた。バランスを崩しそのまま傾斜を滑り落ちる。

「いた……っ……」

数秒後。ようやく止まったものの、挫いたのか、足首がじんじん痛む。動けない。

仕方なく、アリアはそのまま這うようにして草陰に身を隠すと、息を潜めた。耳を澄ませていると、幸いにして、声は遠ざかっていくようだ。犬の吠える声も、馬の蹄の音も段々と聞こえなくなっていく。

諦めたのだろう。

「……よかった……」

息をついたものの、それでもまだ怖くて動けない。

それからどのくらい経っただろう。

日も傾き、もうどんな音も聞こえなくなると、ようやっと、アリアは全身から力を抜いた。でもまだ、矢が飛んでくる気がして、ビクビクしながら辺りを見回す。しかしもう本当に――どれだけ目を凝らしても、耳をそばだてても人の気配はしないようだ。

(よかった)

アリアはようやく心からほっとする。

しかしそうして安堵した次の瞬間、

「っ……」

足の痛みがぶり返してくる。

しかも――。

ここはいったい、どこだろう？

アリアはしゃがみ込んだまま、改めて辺りを見る。夢中で逃げていたから気づかなかったが、同じような木と茂みばかりだ。目印なんて何もない。しかも自分がどこから来たのか――どちらの方向から来たのかすら覚えていない。

それにこの足では、試しに歩いて道を探すことも難しそうだ。となれば……。

「……」

（どうしよう……）

アリアは青くなった。

ほどなく、日が落ちるだろう。そうなれば、灯りは木々の隙間から零れ落ちる月明かりだけになるだろう。なのに自分は、ここに一人ぼっちになってしまうようだ。帰る道すらおぼつかない、初めてやってきた森の中に。

狩りをしていた――つまりはどんな獣がいるかもわからない、森の中に。

想像すると、背中が冷たくなる。

不安になるアリアをさらに脅かすように、周囲はみるみる暗くなっていく。

やがて、とっぷりと日は暮れ、静寂が辺りに満ちる。想像していたとおり、光は木々の隙間から辛うじて射してくる月のそれだけだ。

朝までここに一人でいなければならないのだろうか。いや——朝になれば動けるようになるのだろうか？　まだじんじんと痛むこの足で？　帰れるのだろうか？　ここがどこかもわからないのに？

想像すればするほど恐怖が増し、アリアが泣き出しそうになった、そのときだった。

ガサッ——。

背後の草むらが、大きな音を立てる。

悲鳴を堪えて振り返る。するとほどなく、闇が揺らぎ、大きな獣のようなものが姿を見せた。

「！」

その大きさに、そして繰り返される荒い息に、顔が引きつった。身体が凍る。

逃げようとしたが、足が痛くて動けない。それでも必死で身じろぎ、頭の中では、どうすればどうすればと、それればかりが巡る。

しかし、月明かりがその獣をはっきりと照らした瞬間。

アリアははっと息を呑んだ。

大きく、猛々しく、けれどしなやかで優美な獣——。

この獣は——狼は——彼ではないだろうか?

ジーグではないだろうか。

「……殿下……?」

こちらをじっと見つめながら近づいてくる狼の、堂々とした佇まいに、思わずそう声を上げると、アリアもまた、その狼に近づこうとそろそろと立ち上がる。

「あっ——」

だがすぐに、また転んでしまった。

足が痛む。顔を顰めながらそこを押さえていると、近づいてきた獣が怪我をしている足にそっと顔を寄せてくる。温かな毛の感触は、恐怖よりも安堵をもたらした。

「……殿下、ですよね?」

アリアは狼の灰青色の双眸を見つめると、目を逸らさずに尋ねる。確信を持って。

そしてゆっくりと撫でると、獣はされるままになる。アリアはその大きな獣を、ぎゅっと抱きしめた。

「殿下——殿下」

胸がいっぱいになる。

狼の姿でも、これがジーグなのだと確信できた。瞳が、雰囲気が、纏う空気が間違いなく彼のそれだ。

「もしかして、助けに来てくださったのですか？」

アリアは狼を抱きしめたまま、静かに尋ねる。

しかし、獣は答えない。じっとされるままになっているだけだ。アリアはそれでも胸が温かくなるのを覚え、何度となくその獣を撫でた。

「ありがとうございます。申し訳ございません…ご心配をおかけして……」

そして改めて、間近から獣を見つめる。次いで首筋を抱きしめると、その温かな毛に顔を埋めて言った。

獣の姿の彼に、自分の言葉が通じるのかどうかはわからない。けれど今をおいて言うときはないと、そう思って。

「……殿下。この前は、嫌な思いをさせてしまって申し訳ありませんでした。こんなに大きな狼を見たのは初めてで……。驚いてしまったのです。でも嫌だと思ったりはしませんでした。爪は鋭くて少し怖かったですけど…殿下がわたしを傷つけたりはしないと、信じています。そしてこの姿もまた殿下のお姿なのだと、そう思っています」

想いをそのまま言葉にして伝えると、狼はじっと見つめ返してくる。

空気は穏やかだ。言葉は通じていなくても、気持ちは通じあえた気がする。

しかしそれで安堵したからだろう。足の痛みが増してきた。それに、夜だからか肌寒い。

これからはもっと寒くなるだろう。

歩けない以上、ここで夜を明かすしかない。大丈夫だろうかと不安になったとき。

狼が、ゆっくりと地面に座り込む。そしてアリアに寄り添うように、そっと身を横たえた。

「殿下……？」

アリアが戸惑っていると、狼はアリアの服の袖を銜(くわ)え、ぐいと引っ張る。

狼の身体に、すっぽりと嵌(はま)るような格好になり、アリアは目を瞬かせた。

確かに、これなら温かだ。けれどジーグは重くないのだろうか。

「あの…殿下は重くはありませんか……？」

通じるだろうかと思いつつ尋ねる。答えはない。

だが起き上がろうとすると引き留められ、結局、アリアはそろそろと身を委ねた。

温かい。その温もりは、心まで温かくするかのようだ。

夜はますます更けていく。けれど、こうしていると怖くない。ジーグが側にいるだけで、護(まも)られていると思える。

「ありがとうございます、殿下」

アリアは言うと、ふわふわの毛を撫でる。するとその視線の先に、ちらばった果実が見えた。そういえば――。

アリアは、ジーグに言った。

「殿下、その…申し訳ありません。周囲に気をつけていただけますか？」

「？」

続きを促すようなジーグに、アリアは続けた。

「辺りに、果実が散らばっているのです。わたしが転んだときに落としてしまったみたいで。朝になったら拾おうと思うので、なるべく潰さないように気をつけていていただけますか」

「……」

するとジーグは、不思議そうに小さく呻る。アリアは事情を説明した。

「あの、実はこれらの果実はケーキを焼くときに使おうと思っていたのです。殿下は、そういうケーキがお好きなのでは…と思って」

アルチェから聞いたことがばれないように言ったつもりだが、上手くいっただろうか？

見つめられると、ばれる気がして、アリアはぎゅっと抱きついた。

「だから、朝になったら拾って、帰ったらお作りしますね。わたし、母さまに少しお菓子作りを習ったので、作れるんです。よかったら食べてください。お口に合うものが作れるようになるまで、頑張りますから」

アリアの言葉に、ジーグからの返事はない。

けれどなぜか、アリアはいつになく護られている気がした。

くうくうと寝息を立て始めたアリアに、ジーグは小さく苦笑した。

(度胸のいい女だ)

自分がいるからにはどんな獣が現れたところで彼女に指一本触れさせる気はないが……まさか寝るとは。

自分の身体に抱きつくようにして眠っているアリアを見やり、ジーグは再び笑う。

何はともあれ、見つけられてよかった。大事になる前に間に合ってよかった。もし彼女に何かあったらと思うと、想像でも肝が冷える。

◆　◆　◆

気づいたのは、今日の夕刻。彼女の侍女が慌てているのを目にしたためだった。故郷から連れてきた二人のうちの一人。乳母だったという女が、「姫さまがおいでになりません！」と、狼狽えた様子で城中を駆け回っていた。

最初は、とうとう逃げたのかと思った。

自分を恐れて、とうとう帰国したのかと。

だから後悔した。話をした方がいいと思いながら、結局昨夜も話をしなかったことを。

けれどそのうち気づいた。

帰ったのだとしたら、侍女があんなに狼狽えているのは不自然だ、と。

わざわざ二人だけ残した侍女の一人だ。帰国するなら一緒に帰るだろう。そして詳しく調べれば、もう一人、アリアが側に置いているお針子も、まだ城にいるという。

さすがにそれはおかしいと思い、ジーグは人を使って城中を捜させた。

だがいくら捜しても見つからず、とうとう自ら城の外まで捜しに出たのだ。不安と心配で、仕事も手につかなくなって。

(見つけられて、よかった)

ジーグは胸を撫で下ろす。

香りも音も逃したくなくて、獣の姿になって探して正解だった。

まさかこんな森の奥にいるとは思っていなかったが、眠りに落ちるまでのアリアの話を聞いていて、納得した。

同時に、何事もなくてよかったと心から思った。

もし彼女が射られて怪我でもしていたら、自分はその相手を許せなかっただろう。たとえわざとではなかったとしても。

(それにしても……)

獣の姿で現れたというのに、自分に気づいたとは。

ジーグはあのときの喜びを思い出しながら、アリアの顔に顔をすり寄せた。

甘い香りがする。いつも感じる香りほど官能的ではないが、甘酸っぱく切なくなるような香りだ。ずっと浸っていたい香り。

ジーグは、小さく微笑んだ。

自分を一目見たとき、アリアの顔が強張ったのはよくわかった。慄き、引きつった頬。やはりと思った。けれど数秒後、彼女は言ったのだ。

『殿下ですよね？』

疑念の形だけれど、まったく疑っていないその声で。

以前一度狼の姿は見せているから、自分だと気づいてもおかしくはない。けれど。

そう言われて、自分でも驚くほどの嬉しさがあった。言い当てられて嬉しくてたまらなかった。

しかも彼女はまったく恐れなかった。

怖くないと言った、その言葉どおりに。

しかも——。

ジーグは、辺りに散らばったままの果実を見やる。

まさか。

　まさか彼女がこれを採りに来たとは思わなかった。どうしてこんなところにと思ったけれど、まさかこれのために——自分のために、とは。

（おおかたアルチェが話したのだろうな）

　しかしそれを聞いたからといって、自分で採りに行くとは。

　何から何まで、規格外の女だ。

　ジーグはふんふんと鼻を鳴らすと、何よりも心地好くさせる香りを胸いっぱいに吸い込む。

　身体に感じる温かさと、重み。離したくないと、もっともっと一緒にいたいと思ってしまう。

（本当に）

　本当にこの女は、ずっとずっと自分を恐れずにいてくれるだろうか。

　人狼の自分と。

　国のための結婚相手だった、自分と。

　ジーグはじっとアリアを見つめる。

　朝になり、陽の光の中で彼女が目を覚ますまで、ジーグはアリアを見つめ続けた。

◆　◆　◆

起きて最初に目にしたのは、ふわふわの毛だった。

一瞬、何が起きているのかわからなかった。だが数秒後、アリアはすべてを思い出した。

自分を護ってくれた大きな狼。

大切な伴侶。わたしだけの王子。ジーグ。

アリアは身を起こすと、さっと髪を整え、ぱたぱたと身支度を整え、

「ありがとうございました、殿下」

護るようにしてくれていたジーグに礼を言った。

「おかげで、よく眠れました」

そしてそう言って微笑むと、アリアは昨日の言葉どおりに辺りに散らばった果実を拾い集める。

不安だった足も、なんとか大丈夫なようだ。

果実の入った籠を手に、まだ獣の姿のままのジーグに導かれながら、ゆっくりと歩いて城

へ戻る。

道中、言葉を交わすことはなかったけれど、それでもアリアにとってはこの国に来て一番とも思えるほど幸せな時間だった。

しかし、そんな幸せな時間も終わり、城に帰り着いたそのとき。

「殿下！」

まるで待ち構えていたように、一人の男が慌てた様子で近づいてきた。

確かジーグの腹心の、ロワールだ。彼はアリアに黙礼すると、人の姿になったジーグに服を渡しながら、どこか急いた口調で続ける。

「妃殿下をお捜しになるためとはいえ、夜を明かされるとは思っておりませんでした」

「出かけることは言い置いていたから構わぬだろう。夜を明かしたのはいろいろあったためだ」

「周りの者が心配いたします」

「次から気をつける。それよりどうした。慌てているのはそれが理由ではないだろう」

ジーグが言うと、ロワールはちらりとアリアを見る。

「どうしたのですか？」

もしかして、自分が城を空けてしまったせいで何かあったのだろうか。

アリアは不安になって尋ねる。だがロワールは「いいえ」と慌てたように頭を振った。

「そうではないのです」

「ならばなんだ」

ジーグが尋ねる。ロワールは声を落として続けた。

「お疲れのことと存じますが、急ぎ、会議の間へお越しください。テュール王国より、使者が」

「ガリオス王から？」

「!?」

アリアは思わず息を呑んだ。

わざわざ使者がやってきたというだけでも「何かあった」と知れるのに、ジーグに頷くロワールの表情も厳しいものだ。ただごとではないのだと、一目で知れる。

いったい何が……？

しかしそんなアリアに、ジーグは「部屋へ戻れ」と軽く顎をしゃくる。

アリアが動けずにいると、ジーグはアリアを見つめて続けた。

「事情がわかればお前にも伝える。だから今は部屋へ戻れ。戻って身体を労(いたわ)るのだ。すぐに医師を向かわせる。足の手当てをしてもらえ」

「殿下……」

「お前が父のことや国のことを気にかけていることは知っている。だから使者との話は必ずお前にも伝えると約束する。だから、今は戻れ」

「……畏まりました」

強めの口調ではあるものの、温かみのあるジーグの言葉に、アリアは頷く。

そして自らの部屋へ向かったものの、その最中も、使者のことやロワールの表情が気になってたまらなかった。

気のせいかもしれないが、城の雰囲気も、どことなく緊迫している。

(やっぱり何かあったんだわ)

緊張しつつ歩いていると、

「姫さま！」

部屋へ向かう途中の廊下で、ナフィナが声を上げて近づいてきた。

彼女はぎゅっと手を握ってくると、「心配いたしました」と今にも泣きそうになりながら言う。

「誰も連れずに出かけるなど……ここはテュールではないのですよ。どれだけ心配したか」

「ごめんなさい」

「夜になってシジュから『殿下のために町娘の格好で一人で出かけた』と、打ち明けられたときにはどれほど驚いたか……！　いったいどちらへ行かれていたのですか。殿下のために、いったい何を――」

「あ…その……」

アリアは少し迷い、素直に言った。

「実は――その、森に」

「森！」

「ええ」

「そんな危ないところにどうしてまた。何か用があればわたしが参りましたのに！　でなければこの国の土地に詳しい者を行かせればよかったではないですか」

「それは、できなかったの」

アリアは首を振った。

「これは、わたしでなければだめなことだったの。森の果実を使って、殿下の好きなケーキを作って差し上げたくて」

「ケーキを!?　姫さまが御自らですか」

「ええ…あの人のために作りたかったの。幸い、作り方はお母さまから習っているし……。上手くいくかどうかはわからなくても、わたしの力でやりたかったの」

アリアが言うと、ナフィナは驚いた顔でじっと見つめてくる。

ややあって、彼女は泣きそうに顔を歪めて苦笑した。

「そうでしたか……。畏まりました。ですが、これからはわたしにも一言断ってから外出なさってくださいませ。察するところ、言えば怒られると思って黙って行かれたのでしょうが、そういうご事情ならお止めいたしませんぬ」

「ありがとう……！」

「ええ──ええ。それにしても、姫さまは本当に殿下のことがお好きなのですねえ」

「えっ」

思ってもいなかった言葉に、アリアはドキリとナフィナを見る。

「そ、そうかしら」

「ええ──。そういうお顔をなさっていましたよ。仲良くなれるとよろしいですね」

生まれたときからアリアを知っているその女性は、そう言ってにっこりと笑う。

はにかむように笑うと、アリアは、ナフィナとともに部屋へ戻る。

そして待っていたシジュにも心配させたことを謝り、着替え、ジーグがよこしてくれた医師によって足の手当ても終えたときだった。

「──アリア」

声がしたかと思うと、ジーグが入ってくる。しかしその格好は…まるで今にも戦に出ようかという格好だ。

「……殿下？」

嫌な予感に、アリアは表情が強張るのを感じる。

また後ほど、と部屋を出ていったナフィナとシジュも、何かを察したのだろう。

いったい何が、とアリアが見つめると、ジーグは渋い表情で言った。

「今から城を出る。お前の国が攻められているらしい、援軍に行く」

「！」

アリアは息を呑んだ。

ジーグの言葉が耳の奥で蘇ると、背中が冷たくなるようだ。

攻められている？

父は？　妹や弟は？　みんなは？

「ど——どういうことなのですか？　どうして——」

「以前より隣国のヴォガザールとは揉めていたようだな。今回はそれが少し大事になったようだ」

「ち、父は大丈夫なのでしょうか。妹や弟は——」

「まだ王都への侵攻はない。おそらくは我が国とテュールが同盟を結んだことに対しての威嚇か——挑発だろう。大丈夫だ。だが油断はならぬ。ヴォガザールの兵力では万が一ということもあるからな。だから俺が行くのだ」

「殿下……殿下は大丈夫なのですか？」

父のことも、妹や弟のことも気になる。心配だ。けれどそれと同じぐらい——いや、それ以上に今から戦場へ向かうジーグのことが心配だ。

デルグブロデの兵が強いことは知っていても、ジーグも勇敢に違いないとは思っていても、今から命の危ないところへ向かうのだと思うと、不安でたまらない。

するとジーグはふっと笑み、ぎゅっと手を握ってきた。

「大丈夫だ。選りすぐりの兵たちもいる。すぐに戻る」

「……はい」

「お前の作ったケーキをまだ食べていない。帰ってきて食べるのが楽しみだ」

「はい……。ご武運を、お祈りしています」

「ああ。城を頼む」

「はい」

本当は、行って欲しくない。けれど止められるわけがない。

せめて笑顔で送り出そうと、アリアは無理矢理に微笑もうとする。だが、上手くいかない。

やっと――やっと少しだけでも気持ちが通じた気がしたのに。

もし彼に、何かあれば――。

すると次の瞬間、その手をグイと引っ張られる。

「あ――」

気づけば、ジーグの胸の中に抱きしめられていた。

「すぐに帰ってくる。すぐだ。そしてまた、お前をこの腕に抱く。帰ってきて、お前を、本当に俺の妻にする」

「はい……」

「伝えなければならないことがある。告げたいこともある。だから必ず無事で帰ってくる。お前も息災で」

「……」

はい、と言わなければならないのに胸が詰まって声が出ない。

なんとか必死に頷くと、一層きつく抱きしめられる。

「必ず、戻ってきてくださいね」

泣き声にならないように懸命にアリアが言うと、ジーグは「ああ」と深く頷いた。

◆
◆
◆

しかしそれから半月。

アリアは毎日ジーグの帰りを待ったが、帰国するという報告は一向に訪れないままだった。

らなかった。

「にいさまはつよいからだいじょうぶです」

「あの子なら大丈夫よ」

リーゼンやアルチェはそう言って慰めてくれたり励ましてくれたが、アリアは不安でたま
ナフィナやシジュが集めてくれたいろいろな噂話によれば、今回の戦いは予期していたよりも大きなものになっているらしい。

ヴォガザールの動きに触発されるように、他の国もテュールに対して戦の気配を見せ始めているというのだ。そのため、テュールやデルグブロデの兵たちは、予想していた以上に防戦に回らざるを得なくなっているらしい。

無事しのげれば、周囲の国はこの二国に一目置くことになるだろうし、しばらくは攻めてこないに違いないだろうが、果たしてその成果を挙げられるかどうかが問題のようだ。

もし大きく攻め込まれることがあれば、そのままなし崩しにテュールもデルグブロデも周囲の国に踏み荒らされてしまうに違いない。

——ナフィナたちからそう聞かされ、アリアはますますジーグの無事を祈らずにいられなかった。

人狼である彼は、普通の人間に比べて遥かに戦いに向いている、とアルチェは言っていたけれど、だからといって傷ついたり死んだりしないわけではないのだ。

むしろ、そんな彼ならば率先して戦おうとするだろう。皆の志気を上げるために、自ら剣を取って……。

アリアは想像して唇を噛んだ。

どうか無事で、と、祈ることしかできないのがもどかしい。

戦地からの手紙も、この数日は届いていない。

せめて無事だと知ることができれば、心も落ち着くのに……。

(何もなければいいのだけれど……)

アリアが願った、その翌日。

「姫さま！　姫さま！」

ナフィナが、慌てた様子で部屋に飛び込んできた。顔が青い。彼女はぎゅっとアリアの手を握って言った。

「い――今、戦地よりの使者が……」

「使者が!?」

「はい。どうやら陛下にさらなる援軍を求めてのことのようです。相手の数が多く、殿下も苦戦なさっておいでのご様子で……」

「そんな――」

「で、ですが戦上手な殿下のことですし、すぐに巻き返して――姫さま!?」

くらり、と目眩がして倒れそうになる。

支えてくれたのは、傍らで一緒に話を聞いてくれていたシジュだった。

シジュとナフィナに支えられ、アリアはゆっくりとソファに身を預ける。

頭の中で、ナフィナの言葉がぐるぐる回っている。最後に見たジーグの顔が滲む。

声が胸の中で反響する。

「姫さま……」

気遣うような声とともに、シジュが水を差し出してくる。アリアはそれを一口飲むと、

「大丈夫」と、震える声で言った。

「大丈夫。大丈夫よ。絶対に戻ってくるっておっしゃっていたもの」

自分に言い聞かせるように、そう口にする。

そうだ。彼は絶対に戻ってくる。

伝えなければならないことがある、と言っていた。告げたいこともある、と言っていた。

なのに彼が戻ってこないはずがない。

だってわたしだって、まだ何も伝えられていない。

「……シジュ」

アリアはキッと顔を上げると、傍らのシジュを見つめて言った。

「殿下は、近いうちにきっと帰ってきます。見事な成果を挙げられて、多くの武勲を立てら

れて、きっとお戻りになります」

「……はい」

「ですからそのときのために――そんな殿下をお迎えするために、一番美しいドレスを用意していてちょうだい。殿下の帰国を誰より祝福できるような、そんなドレスを」

「畏まりました」

「それから、ナフィナ」

「はい」

「気になるのはわかるけれど、今後は一切、城内での噂を集めないようにしてちょうだい。誰かの話を耳に挟んでも、わたしには知らせないで」

「姫さま……」

「わたしは殿下だけを信じるわ。帰ってくるとおっしゃったその言葉を信じます」

「姫さま…ですが――」

「ええ――。ですからわたしはこれまでどおり、殿下に手紙をお送りします。日に一度だったものを、二度。少しでも殿下を励ますことができるように。それをあなたに託したいの。届けられるよう、なんとか試みてちょうだい」

「……はい……」

頷くナフィナに、アリアも頷く。

自分の手紙がどれほど役に立つのかなんてわからない。届かないかもしれないのだ。ドレス姿だって——彼に見てもらえるかなんてわからない。けれど何かせずにいられなかった。じっとしていると、悪いことばかり考えてしまいそうで。

(一緒に戦うことができたら……)

アリアは悔しさに顔を歪めた。

この手が剣を取れたなら、側で役に立てたかもしれないのに、実際は、城でじりじりと帰国を待つしかない。

しかもそんなアリアの想い空しく、それからもジーグからの連絡はない。

五日——一週間——十日——。

日が経つにつれ、不安はますます大きくなり、アリアは毎日胸が潰れるような思いで過ごしていた。

気を紛らわせてくれようとしているのだろう、たびたびアルチェが訪ねてきてくれたし、ナフィナも楽しい話をしてくれようとしていたけれど、何をしていてもジーグが無事に戻ることばかりを考えずにいられなかった。

『帰ってきて、お前を、本当に俺の妻にする』

『伝えなければならないことがある。告げたいこともある。だから必ず無事で帰ってくる』

深夜。

アリアは窓辺から森と月を見つめると、ジーグの言葉を思い返した。

もう何度も何度も——思い返した言葉だ。

彼が戻ってくれれば、今度こそ本当に彼の花嫁になる——。

彼がわたしに伝えたいことはなんだろう、告げたいことはなんだろう——？

とりとめなく、考えながら。

けれど会えない日が長くなり、無事すらもわからない日々が続くと、不安に押し潰されそうになる。

「大丈夫よ……」

アリアは自分に言い聞かせるように呟いた。眠れない夜は、いつもこうして自分を励ましていた。ジーグの無事を祈り、彼の早い帰還を願いながら。

彼なら、大丈夫だ。

勇敢で、逞しく、森でも自分を護ってくれた、彼ならば。

アリアは過日、森で一夜を過ごしたことを心のよりどころのように思い出しながら、ぎゅっと両手を握りしめる。

「待っています——」

ジーグを思い、そう、呟きながら。

◆◆◆

それからさらに十日が経ったころ――。

「姫さま！　姫さま！」

いつかと同じように、ナフィナが声を上げて駆け込んできた。

けれど今度はアリアの私室ではない。厨房だ。

アリアがケーキを作っている厨房に、ほとんど転がり込んでくるような勢いで飛び込んでくると、ナフィナは以前とは違う喜びの表情で息を切らしながら言った。

「姫さま！　殿下がお戻りになります！」

「えっ――!?」

思いがけない知らせに、アリアの息が止まる。

待っていた言葉なのに信じられずに目を瞬かせてしまう。そんなアリアに、ナフィナは幾度も頷いて言った。

「お戻りになります！　今、軍勢の先触れが陛下のもとに」

「で、では殿下はご無事なの!?　戦には勝ったということ!?」

「それは……」

わかりかねます、とナフィナが言いよどんだとき。

「残念ですが、勝った、というわけではないようですね」

リーゼンが姿を見せた。

「リーゼンさま！」

慌てて、アリアは頭を下げる。

普段は離宮に住む彼女が、城の、しかも厨房にやってくるなんて。

戸惑うアリアに、リーゼンは「頭を上げて」と微笑み、続けた。

「わたしのところに来た知らせでは、双方の痛み分けといったところのようね。相手は数こそ多いものの、所詮は寄せ集めの軍勢。ジーグが指揮するデルグブロデの兵たちにはとても及ばなかったようだわ」

「そうなのですね……」

「ええ。もちろんテュールの軍勢にも大きな被害はないわ。お父さまもご無事よ」

「ありがとうございます……！」

状況を調べてくれていたリーゼンに、アリアは心から感謝の言葉を述べる。今はほとんど隠居の身とはいえ、さすがに王族の一員として長くこの国で生きてきた人だ。

ほっとするアリアに微笑むと、リーゼンはひょいと片眉を上げ、アリアの向こうにある作業台を覗き込む。そして、小さく笑った。

「それはジーグの好きなケーキね。あなたが作ったの？」

「は、はい…いえ…その……。お戻りになったとき食べていただければ…と……。その、練習を……」

「そう」

リーゼンは、ますます笑った。

「きっと喜ぶでしょう。その調子であの子を変えていってちょうだい。賢いことも勇ましいこともいいことだけれど、真面目で思い込みが強いだけの王子なんて、楽しくないわ」

「リーゼンさま……？」

「またわたしの夜会にもいらっしゃいな。もちろん、ジーグと一緒に」

そしてリーゼンはそう言い置くと、くるりと背を向けて去っていく。

アリアはその背にもう一度頭を下げると、かけていたエプロンを取る。

「姫さま!?」

「塔に上って見てみるわ！　殿下が本当にお戻りなのか——お戻りになっているのかを！」

そして声を弾ませてそう言うと、城で一番見晴らしがいい塔へと向かう。

「ねえさま！」

途中で、アルチェが駆け寄ってきた。

彼も誰かからジーグの帰城の話を聞いたのだろう。嬉しそうな笑顔だ。

「にいさまがかえってくるとききました！」

「ええ——お戻りになるそうよ」

「ぼく、みにいこうとおもうんです！　まちきれなくて！」

「わたしもよ。塔に上がって、遠くまで見えるところに上って、早く殿下を見たいと思っているの」

「ぼくもいきます！」

アルチェは言うと、足早に歩くアリアに並ぶように、駆け足でついてくる。アリアは彼と手を繋ぐと、一緒に塔を駆け上った。

風の吹く中目を凝らせば、森の向こうから、大勢の騎馬たちが帰還してくるのが見える。次第に近く——大きくなってくるその影を見つめ、やがてアリアは、

「殿下だわ！」

声を上げた。指さすそこには、一際立派な馬に跨ったジーグの姿がある。

「にいさま！」

アルチェも声を弾ませる。

二人は微笑みあうと、手を取りあい、今度は塔を駆け下りた。

る。

待ちきれない。一秒でも早く彼に会いたい。顔を見たい。声を聞きたい。

城門まで駆けていくと、軍勢の帰城を待っていた城の兵たちや重臣たちが驚いた顔を見せる。

「妃殿下!?」

「妃殿下、このようなところまで――」

「アルチェさまも……」

危うく城の中に返されかけたものの、アリアは「殿下に早くお会いしたいのです」と言い張り、その場に留まった。

やがて、門が開き、軍勢が次々戻ってくる。

そしてジーグの姿が見えた瞬間、

「殿下――!」

アリアは声を上げると、咄嗟に駆け出していた。

「アリア!」

馬上のジーグは驚いた顔を見せたが、すぐに馬を止めて下馬する。

そのままアリアに近づいてくると、ぎゅっと抱きしめてきた。

「アリア――」

「殿下――殿下。よくぞご無事で――」

きつく抱きしめられながら、アリアは声にできないほどの喜びを溢れさせた。

嬉しさと安堵に、目の奥が熱くなる。

彼の香りだ。そして彼の温もり。

「心配させてすまなかった」

するとアリアを抱きしめたまま、ジーグが言う。アリアは首を振った。

帰ってきてくれたなら、それでいい。無事こうしてまた会えたなら、それだけで。

涙が滲む。するとその涙にそっと口づけ、ジーグが言った。

「お前のおかげだ。お前の手紙にずいぶん励まされた。不安もあっただろうに、すまなかった」

「いいえ……」

アリアが言うと、ジーグはまたぎゅっと抱きしめてくる。

されるままになっていると、ひとしきりの抱擁ののち、ゆっくりと腕が離れる。ジーグが物足りなさそうに苦笑した。

「本当ならこのままお前と二人きりになりたいところだが、まだ父上への報告や終わらせねばならぬことがいくつかある。終わればすぐに、お前のもとに行く」

「……はい……」

頬を染めてアリアが頷くと、ジーグはアリアを抱き寄せ、その額に口づけを落とす。

そしてふっと微笑むと、それまでずっと傍らで待っていたアルチェを抱き上げる。

「アルチェ！　帰ったぞ」

「にいさま！　おかえりなさい！」

嬉しそうなアルチェに「ああ、帰った」と笑うと、そのままアルチェを自分の馬に乗せてやる。次いで自らもまたそれに跨ると、再び隊列の中に混じり城へと進み始める。

アリアはその背中を見つめながら、改めてジーグが無事に帰ってきた喜びと、彼への愛を噛みしめていた。

「――アリア」
終わらせねばならぬいくつかのこと、を終わらせたジーグが部屋へやってきたのは、もう深夜を越えたころだった。
彼は少しだけ疲れた顔をしていたが、その表情は明るい。
そんな表情のジーグをこの部屋で見るのは初めてだ。

アリアは胸がいっぱいになるのを感じながら、

「お帰りなさいませ」

と、改めてジーグを迎えた。

こうして二人きりになると、感情が露わになるのを抑えられない。

あとからあとから涙が零れる。そんなアリアに、ジーグが苦笑した。

「お前は…俺が酷いことをしていたときは泣かなかったのに、無事に帰ってきたときは泣くのだな」

「っ…それは……」

「いや——咎めているのではない。嬉しいのだ。そんなにも俺を愛してくれる相手と結婚できるとは、思っていなかった」

そしてジーグは、ふわりとアリアを抱きしめてきた。

「戦は…どうなったのですか……？　殿下にお怪我は……」

そろそろとアリアが尋ねると、ジーグは静かに続ける。

「俺は大丈夫だ。怪我一つない——とは言えぬが、浅い傷は勲章だ。お前の父も、妹や弟も無事だ」

「よかった……」

ナフィナから噂話として聞いていたとはいえ、ジーグから直接聞くと心から安心する。ジーグがそっと背を撫でてくれた。

「戦自体は、痛み分けというところだ。だがしばらくは攻めてこないだろう。念のため、我が国の兵の一部をテュールに置いておくことにした。これで、周囲への牽制になるだろう」

「ありがとうございます……！」

アリアは心からの感謝を込めて言う。そんなアリアをきつく抱きしめると、やがてジーグはゆっくりと腕を緩め、アリアを真正面から見つめる。

「アリア――」

そして優しく――真摯にアリアの名を呼ぶと、言った。

「お前も知ってのとおり、俺は結婚を義務だと思っていた。義務――ただの王子としての仕事――そう思っていた。それは仕方のないことだと。だからお前のように、それをただの義務や仕事で終わらせようとしない女に戸惑わされた。それに、俺は人狼だ。お前に正体がばれ、それを理由に結婚を破棄されることを恐れた。だから、必要以上にお前には近寄らぬようにした。なぜなら――お前に惹かれていたからだ」

「……殿下……」

「惹かれれば、単なる義務以上の感情が生まれてしまう。だがそうして感情が昂ぶれば、何かのはずみで迂闊にも正体を知られてしまうかもしれない――そう思ったためだ。だが、結局は自ら明かしてしまった。お前ならば受け入れてくれるのではと――期待して」

「殿下——」

「だからお前が慄き、後ずさったときには自分の迂闊さを深く後悔した。お前は逃げ出すだろうと思ったし、それで当然だと思った。なのに——お前はそれでも俺から逃げようとしなかった。それどころか、俺のためにわざわざ森に赴く始末だ。あれには驚かされた。変わった女だと思っていたが、まさかあれほどとは——」

「あ、あのときは、その……。ご迷惑をおかけして……」

「迷惑ではなかった。お前と過ごした夜は俺にとっても貴重だった。狼として一夜を過ごしたあの夜があったからこそ、俺のもう一つの姿をお前が受け入れてくれたあの夜があったからこそ、俺にとってやはりお前は特別だと思ったのだ。かけがえのない、特別な女だと」

「殿下……」

「アリア——」

そう言うと、ジーグはアリアの前にひざまずく。

息を呑むアリアに、ジーグは続けた。

「戦から帰って、必ず伝えなければと思っていた。必ず告げなければ、と。俺はまだ——お前に何も伝えてはいない。愛の言葉も、お前がどれほど愛しいかも。アリア——。俺の、最愛の人。どうか改めて、俺の愛を受け取って欲しい。どうか改めて、俺の妃になって欲しい。義務ではなく国同士のことも関係なく、ただの男と女として——俺を愛して欲しい。俺がお前を愛しているように」

そしてジーグはアリアの手を取ると、そこにそっと口づける。

アリアは彼の言葉に、そして優しい口づけに、胸がいっぱいになるのを止められない。

熱いものが、胸の中に満ちる。それを感じながら、アリアはジーグを見つめたまま、

「はい……」

と、頷いた。

結婚の誓いのときよりも、もっと厳粛な、もっと幸せな気持ちで。

「はい……殿下。ジーグ……。わたしもあなたを愛しています。あなたが誰でも、別の姿を持っていても……あなたを愛しています……」

噛みしめるように言うと、ジーグは微笑んで立ち上がる。そのままアリアを抱き寄せると、そっと口づけてきた。

「っ……」

重なる唇に、また喜びが胸を打つ。

アリアは身体が溶けていくような幸福を覚えながら、ジーグを抱きしめ返した。

目の奥が熱くなる。

こうしているだけで、また涙が溢れる。

すると、ジーグはそんなアリアの目尻に口づけ、その身体を軽々と抱き上げた。

「！　殿下――」

ジーグはアリアの身体をベッドまで運ぶと、改めて口づけてくる。

「んっ……」

今度の口づけは、先刻よりも深く――そして甘い。啄むように口づけられたかと思えば、唇に柔らかく歯を立てられ、そのたび、アリアの身体にびりびりと甘い痺れが走る。

唇の隙間から挿し入ってきた舌に舌を舐られ、微かな声を零すと、その温かく濡れた舌はますます深くまで挿し入ってくる。

上顎の凹みをくすぐられ、その快感に身悶えすると、小さく笑ったジーグがドレスをたくし上げ、アリアの脚に触れてきた。

久しぶりの刺激に、アリアの背が跳ねる。

ジーグは再び小さな笑いを零すと、口づけを首筋に、そして喉もとへと移していく。やがて、それは胸もとに辿り着く。ジーグはドレスの胸もとを乱すと、零れた乳房に口づけてきた。

「つん……っ――」

覚えのある快感に、アリアは大きく身悶える。

胸もとに繰り返し口づけられ、同時になめらかな太腿を、その付け根を指で辿られれば、久しぶりの快感への期待に、ますます身体が熱くなっていく。

「あっ――」

胸の突起を吸い上げられ、アリアは一際高い声を零した。

「相変わらず、お前はここの感度がいい」

ジーグは言うと、ぷつりと立ち上がっている胸の突起をさらに愛撫し始める。

舌先で転がすようにして刺激したかと思うと、音を立てて吸い上げられ、アリアはそのたび、胸の奥まで溶けるような快感を覚え、掠れた声を上げた。

そうしながら性器を愛撫されると、頭の中まで真っ白になるようだ。

指がすでに潤み始めた性器を行き来し、そこをゆるゆると刺激するたび、また熱いものが溢れ、ジーグの指を濡らしてしまう。

「ぁ……っあ…ゃ……っ……」

それが恥ずかしくて、アリアは身を捩って抗うが、ジーグの指も唇もアリアから離れようとしない。むしろそうしてアリアが身悶えれば身悶えるほど、ジーグの愛撫は一層熱を増していく。

「は……っぁ…あ、あ、ああっ――」

やがて、ジーグの唇は、胸もとから離れ、それまで散々弄られていたアリアの甘い泉に辿り着く。

「つァ――っ――」

大きく脚を広げられ、もうすっかり潤んだその秘所に口づけられた瞬間。アリアは高い声を上げて達していた。

自分だけが達してしまったことが恥ずかしくてたまらないのに、ジーグの唇が、舌が、さらにそこに触れていくと、再び熱が高まっていく。

「は…ぁ……っあ、あぁ、あっ――」

ぴちゃぴちゃと音を立てて舐められ、敏感な突起を舌先で柔らかく刺激されると、恥ずかしいのに腰が跳ね、あられもない嬌声が零れてしまう。

「あ…あ…殿下…殿下……っ」

腰が、腰の奥が溶けるようだ。

ジーグに口づけられるたび、身体の奥がじわじわと溶け、溢れていくような気がしてしまう。

「ジーグ……っ…殿下…もぅ……もぅ……っ」

「もう？」

「もぅ…だめです……っ……」

「だめではないだろう。こんなに濡らして感じていて…何がだめだ？」

「んんっ――」

声と同時に敏感な尖りをそっと刺激され、また大きく背中が撓る。

アリアはいやいやをするように頭を振ると、シーツを握りしめた。

「わたし…わたしばかり…こんな……」

「お前を感じさせたいのだ。お前の声が聞きたい。そしてお前の甘い香りに包まれたい――」

「でも……ぁ……」

「もっと感じればいい。俺を――もっと――」

「つあ――っ――」

そして一層執拗にそこを愛撫され、アリアは大きく身を震わせる。

鼓動が怖いぐらいに速い。速くて大きい。身体中が心臓になったようだ。頭の芯まで痺れて、何も考えられなくなっていく。

それでもジーグの熱が欲しくて繰り返しそう訴えると、やがて、ジーグがゆっくりと身を起こす。

改めてアリアに覆い被さってくると、そのままゆっくりと挿し入ってきた。

「つあ……っ」

その質量と熱さに、アリアはきつく眉根を寄せていた。

もう何度も受け入れたはずなのに、久しぶりだからなのか、より大きく感じる。じわじわとすべてを埋めると、ジーグが汗の浮いた貌で苦笑した。

「きついな……。大丈夫か？」

そして気遣うように尋ねてくると、アリアの額に、頬に口づけてくる。

髪を優しく梳き上げられ、アリアは「大丈夫です」と微笑んだ。本当は苦しい。けれどこの苦しさも悦びだ。

「大丈夫です……気持ちがいい…です……」

そう伝えると、ジーグは一瞬、何かを堪えるように顔を顰める。そして再び苦笑すると、ちゅっとアリアに口づけてきた。

「お前は——本当に……」

そして苦笑混じりにそう言うと、ゆっくりと動き始める。

初めてゆっくりと、しかし次第に激しく動かれ、アリアはぎゅっとジーグにしがみついた。

「は……っぁ……ああっ——」

揺さぶられ、抜き挿しされると、そのたび甘酸っぱいような切ないような快感が胸に満ちる。

彼と繋がっていることを思い知るたび、それまで経験したことのない悦びが、全身を包む。

「ぁ…殿下…殿下……っ……」

「ジーグ、だ。名前を呼べ、アリア」

「ジー…グ……っ」

「そうだ」

「ジーグ……っぁ…ジーグ……あああっ――」

「アリア――」

「ジーグ…ぁあ、あ、いい……っ……」

深く穿たれ、同時に敏感な芯芽を指先で愛撫され、目の奥で極彩色の星が弾ける。

怖いぐらいの快感に、アリアは縋るようにジーグを抱きしめた。こうして揺さぶられているると、気持ちがよすぎて、このまま溶けてなくなってしまいそうな気さえする。

気持ちがよすぎてどうすればいいかわからないほどなのに、もっともっと彼が欲しくてきつく抱きしめると、繋がっている部分が切なく彼の肉を締めつけるのがわかる。

「は……っあ……ああ、あ……っ――」

「アリア――俺のものだ…俺の…アリア――」

「ぁ…あ、あ、あジーグ…っああっ――」

彼に呼ばれるたび、泣きたくなるほどの嬉しさが全身に満ちる。

彼を呼ぶたび、もう離れたくないという想いが強くなる。

背を抱かれ、深く繋がりあっていると、触れあっているところから混じりあう気がする。

肌の香りも息の熱さも汗の温度もすべて愛しく、離したくない――離れたくないと思っていると、まるでそれが通じたかのように、ジーグが一際激しく突き上げてくる。

「アリア――愛している……アリア――」

「ジーグ……っあ、ああっ――」

二度三度と奥まで穿たれ、その快感に頭の中が白く染まった次の瞬間。

「あ……っあ、あ、はぁ……っ……！」

さらに奥まで突き上げられ、絶頂に大きく背中が撓る。

そして身体の奥に広がっていく、ジーグの熱。

きつく抱きしめられ、彼の欲望が溢れたのを感じながら、アリアは続けざまに達していた。

目の前が霞む。息も上手くできない。それでも愛する相手の身体を掻き抱くと、息を乱したジーグに何度となく口づけられる。

目が合うと、どちらからともなく微笑みが漏れた。

「愛している、アリア」

「愛しています、ジーグ……」

さらに想いを伝えあうと、二人は再び口づける。

長い夜の間中、二人の影は離れることはなかった。

◆　◆　◆

翌日。

アリアは神妙な面持ちでジーグの部屋にケーキを運ぶと、仕事の合間の彼に、それを切り分けて差し出した。

一緒に出したお茶には、リーゼンから贈られた、最高のものだ。

だが、ケーキはどうだろう？

自分の作ったそれを、ジーグは気に入ってくれるだろうか……。不安になりながら、アリアはジーグの反応を待つ。傍らのアルチェも、興味津々（しんしん）といった顔だ。

すると、大切そうな慎重な手つきでケーキを口に運んだジーグはゆっくりと味わうようにしてそれを食べる。


「いかがですか？」

ほどなく、微笑んでアリアを見つめ返すと、

「美味しい」

と幸せそうに言った。

アリアの唇から、安堵の息が漏れる。

「よかったです……」

アリアは嬉しさを噛みしめながら言った。練習していた甲斐があったというものだ。彼が帰ってきたら絶対に食べてもらいたいと思っていた。

アルチェも「よかったですね、ありあねえさま」と嬉しそうだ。

待ちきれないといった顔で「ぼくもたべていいですか」と訊いてきたアルチェに「もちろん」とケーキの乗った皿を差し出すと、彼はすぐさま美味しそうに食べ始める。

そんな弟の様子を目を細めて見つめると、ジーグは再びアリアに目を向け、「ありがとう」と一層笑みを深めた。

「これを食べるまでも、お前と結婚できて幸せだと思っていたが、今はますますそう思う」

悪戯っぽくそう言うと、アリアの手を取り、そっと口づけてくる。

アリアは「わたしこそ」と微笑んだ。

「結婚相手が狼にもなれる素敵な方だとは思っていませんでした。わたしは、幸せです」

そしてそう言いながら、ジーグの青灰色の瞳を見つめる。

ジーグは驚いたように目を丸くしたものの、すぐに嬉しそうに微笑んだ。

「では今度は、狼の姿で一緒に出かけることも考えよう。お前が俺に乗れたなら、普段は行けないところへ行けるかもしれん」

「乗る？　殿下にですか？」

「ああ。練習すればできるかもしれないぞ」

「それは楽しそう…ですけど……いいのですか？」

「どうした。なぜそんな困った顔をする？」

「だって殿下に乗ることなんて、考えたこともなくて」

アリアが言うと、ジーグは微笑み、身を乗り出してくる。そしてアリアの頬に柔らかく口づけてきた。

「もちろん、他の誰にもそんなことはさせぬ。お前が特別だという、その証だ」

囁くように言うと、今度は唇に甘い口づけを落としてくる。

ケーキよりももっともっと甘い口づけ。

アリアが頬を染め、「はい……」と小さく頷くと、ジーグは目を細めて微笑む。

政略結婚から始まった二人。けれど今は、強く深く結ばれている。

甘い香りが満ちる幸せな部屋。

二人はこれからも長く続く幸せを予感するかのように、いつまでも見つめ合っていた。

END

特別の夜・永遠の約束

Honey Novel

「あ……」

頬に触れていた唇が、優しく首筋へと滑り落ちていく。

まるで羽に撫でられているような、そんな感触だ。くすぐったくて、けれど心地好くて温かで胸の奥がざわざわする。

アリアがその密かな快感に思わず小さな息を零すと、彼女のほっそりとしたしなやかな裸体にのしかかり、先刻から口づけを繰り返している男が、小さく笑った。

そうして笑うと、普段の精悍な貌に微かな子供っぽさが混じる。そんな変化が、アリアはとても好きだった。

自分だけが見る——自分だけが知る、夫の——ジーグの貌。

そろそろと腕を伸ばし、彼の髪を掻き上げると、微笑みは一層深くなる。弧を描いた唇が、再び、アリアの唇に触れた。

テュール王国の王女だったアリアが、この国、デルグブロデの王子であるジーグに嫁いだのは、一年ほど前のことだった。

当初は国同士の同盟のための結婚——つまりは政略結婚だったためか、ジーグとの仲は決していいとは言えなかったものの、より深く知りあい、改めて愛を確かめあってからは、お互い運命の相手だと強く信じられる、固い絆で結ばれた二人となっている。

実はジーグは人狼の一族であると知ってからも、アリアの愛はまったく変わらず——むしろ、そんな彼の真実を知ることができたことで、より深くジーグを愛すようになっているほどだった。

ジーグも、アリアに対して距離を置いていた過去はどこへやら。今では仕事のとき以外はひとときも彼女を離したくないと言わんばかりの溺愛ぶりで、二人は今夜もまた昨夜にも増した甘いひとときを過ごしていた。


「あ…あ……あぁ……っ」

何度も何度も口づけられたかと思うと、優しくうつぶせにされ、肩口から背中に口づけが触れていく。触れられるたび、アリアはそのなめらかな背をわななかせると、ジーグがくすりと笑った。

「綺麗な背中だ」

囁きながら、彼は二度、三度、口づけを落としてくる。

「いや——背中も綺麗だと言うべきだな。お前はどこもかしこも美しい」

「そ…んな……」

「本当のことだ。それに——いい香りがする」

「わたしには…よくわかりません」

「わからなくてもいい。俺がわかればいいのだ」

ジーグはアリアの背骨に添っていくつも口づけを落としていくと、両の肩胛骨に音を立てて口づけ、再びアリアを仰向かせる。

そのまま、ゆっくりと彼女の胸もとにキスを落とした。

「あ……っ」

ほんのりと色づいた果実を思わせる胸の突起に口づけると、そのまま口に含み、柔らかく吸い上げる。

その刺激に、アリアはぞくぞくと背を震わせた。

舌先で刺激され、転がされると、腰の奥から温かなものが溢れ出してくるようだ。身体中が熱くなって、声が止められなくなってしまう。

「あ……っあ……殿下……っ……」

「ジーグ、だ」

「つぁ……ジーグ……っ」

そうして唇と舌で愛撫されると同時に、もう一方の乳房を優しく揉まれ、アリアはますます切なく身を捩り、声を上げる。

込み上げてくる快感と幸福感に、頭の中が真っ白になる。

ジーグの逞しい肩に触れ、腕に触れ、背中を掻き抱くと、切ないような疼きは一層高まり、言葉にできない甘酸っぱさが胸の中に満ちていく。

彼に触れられ、口づけられると、自分が自分でなくなってしまうようだ。端からとろとろとろけて、ただ快感のままに声を上げ何も考えられなくなる。

「あ……あ…ぁ…あァ……っ——」

やがて、ジーグの熱いものが身体の奥深くに深々と埋められると、アリアは大きく背を撓らせた。触れられているだけでも心地好くてたまらなかったのに、こうして彼の熱を身体の中に感じると、頭の芯まで痺れるようだ。

「あ…あ、あ、あぁ……っ」

揺さぶられるまま、アリアは切れ切れに声を上げる。

ジーグにしがみつき、彼の背に爪を立て身悶えすると、ジーグの律動はさらに激しくなる。

情熱をそのままぶつけてくるかのように激しく突き上げられ、揺さぶられるたび、より深い快感が全身を巡り、身体の内側からぐずぐずと崩れていくようだ。

「あ……はぁ……っ…ああっ——」

腰の奥で渦を巻いてうねる熱が、身体を焼き尽くしていく気がする。

「アリア——アリア——」

「ジーグ…ジーグ……っ」

「アリア──愛している…俺の──」

「あ…あァっ──」

「アリア──」

「あぁぁあっ──……っ──」

そして、一際深く突き上げられた次の瞬間。

アリアは目も眩むほどの快感に包まれ、細い身体を大きく撓らせると、高い声を上げて達していた。

直後、しがみついているジーグの身体がぎゅっと緊張したかと思ったその瞬間。微かな、呻くような声が耳を掠め、体奥に彼の熱の飛沫を感じる。

まだ冷めない身体と興奮の中、荒い息を零していると、その唇に、ジーグの唇が優しく触れる。

アリアが悦びにふわりと微笑むと、汗に濡れた額に張りついている髪を掻き上げられ、再び口づけられた。

「大丈夫か。無理をさせたか?」

気遣うようなジーグの声に、アリアは首を振る。少し掠れたジーグの声は、普段以上の男らしい艶めかしさに満ちている。

アリアの答えに、ジーグはほっとしたように微笑むと、ゆっくりと身体を離す。そのままアリアを腕に抱くと、柔らかく髪を撫でてくれた。

アリアはまだ少し速いままの心臓の音を聞きながら、ジーグに身を委ねる。

情事のあとの、ゆるりとした、甘い時間。アリアが幸福感を噛みしめ、大きく息をついたとき。

部屋のどこからか、かさり、と、何か薄いものが落ちるような音がした。

ジーグの身体が小さく震える。

「なんの音だ？」

彼はアリアを抱いている腕を解くと、ゆっくりと身を起こした。

アリアも続いて身を起こす。

そして気づいた。ジーグが部屋へやってくるまで読んでいた手紙。その手紙が床に落ちたのだ。

ジーグもそれに気づいたのだろう。彼はベッドから下りると、床の上の紙片を手にして戻ってくる。

「手紙か」

「は――はい。殿下がいらっしゃるまで読んでいたものです」

アリアが言うと、ジーグはその紙片をアリアに渡してくれる。

だがその気配からは、この手紙に興味を持っていることが伝わってくる。アリアはいつになく困惑した。

見せられない類のものではない。

だが——できれば見せたくない。今、このタイミングでは。

するとその戸惑いが伝わったのだろう。

「見せられぬものか」

ジーグがどこか訝るような響きを含んだ声で尋ねてくる。

「まさか」

アリアは即座に首を振った。

そのままそろそろとジーグに手紙を差し出す。

いくらか気まずそうにしながらも読み始める彼の傍らで、アリアは内容を説明した。

「その…実は妹と弟からなのです」

「そのようだな。ここへやってきたい…という内容のようだが」

「はい……」

アリアは頷いた。

この手紙が届いたのは、今日の昼過ぎのことだった。

普段から、妹や弟とは手紙のやり取りをして、折に触れてこの国の様々なことを伝えていたのだが、それを読んでいたためなのか、二人はデルグブロデに興味を持ち、とうとう「行ってみたい」と言い始めたのだ。

アリアとしても、できれば二人に会いたい。

嫁ぐときはろくに別れを惜しむ間もなかったから、叶うなら久しぶりに顔を見て話をしたいと思う。

子供時代は一年でも驚くほど成長する。まだまだ幼かった妹や弟が今はどれほど大きくなっているかと思うと――会いたい思いが込み上げる。

だから、機会を見てジーグに頼むつもりだったのだが……。

「ふむ……」

すると手紙を読み終えたジーグが、小さく呻る。そして改めてアリアを見つめてきた。

「来たいというなら来ればいい。特に問題はないだろう。道中が心配かもしれぬが、テュール側からも護衛の者はつくのだろう？　こちらからも警護の者を出せば大丈夫だと思うが」

「はい……」

「なんだ？　どうした。なぜそんなに不安そうな顔をしている？」

「不安、というわけではないのですが……。その……」

アリアはちらりとジーグを見ると、小さく身じろいだ。

折を見て、彼にそれとなく頼むつもりだった。けれどこんなふうに、閨での頼み事にはしたくなかったのだ。

小さな声でアリアがそう伝えると、ジーグは一瞬目を丸くしたあと、くっと笑った。

「なるほど」

笑いを噛み殺しているような貌でそう言うと、撫でるようにアリアの腕に触れてくる。次の瞬間、アリアは再びシーツの上に押し倒されていた。

「あっ――」

「俺に頼みたいが、この状況では言いづらかったというわけだな。まったく――」

ジーグは、戸惑うアリアを見下ろしてくると、小さく音を立てて口づけてくる。

不意のことに目を瞬(しばたた)かせるアリアに、ジーグはまた、小さく笑った。目を細めて、愛(いと)しくてたまらないといった様子で。

「お前は本当に面白い女だな。遠慮がないかと思えば妙なところで気を遣う」

「そ、それは」

「お前が望むことなら、俺は必ず叶える。どこでどう願おうとだ。それとも――お前は自分の身体を使って俺に無理を言うような女なのか？　そして俺は、そんな企(たくら)みにうかうかと引っかかるような男か」

「い、いえ」

「ならば問題ないだろう。頼み事があるなら躊躇(ちゅうちょ)せずに言えばいい。お前の妹たちも、ここへ呼べばいい。俺も会いたい」

「はい……あ――」

アリアが頷いた次の瞬間、ジーグの唇が首筋に触れる。それは単なる口づけよりも熱い――明快な意志を持った口づけだ。アリアの身体に今一度熱を灯そうという口づけ。

「楽しませてもらった礼に、今一度天国へ誘ってやろう。俺も――またお前の香りに溺れたい」

そしてジーグは真っ赤になったアリアにそう言うと、深く口づけてくる。

アリアは身体の奥に鎮められていた火が再び煽られるのを感じながら、静かにジーグの背に腕を回した。

◆
◆
◆

「ねえさま！」

それから一月ほど後。

供や警護の者たちとともに、ニーナとレイがやってきた。

会うのは一年ぶりだ。ずいぶん大きくなった。嫁げば会うのは無理だろうと思っていたから、アリアはジーグの心遣いに改めて感激する。

久しぶりに会った二人に、成長した驚きと懐かしさが込み上げる。

「レイ！　ニーナ！」

ごく私的な賓客を迎えるための小さな——けれど豪華な応接室で二人と顔を合わせると、アリアも弾む声で名を呼び、二人に向けて両腕を広げる。次の瞬間、二人はきゃあっと声を上げながら胸の中に飛び込んできた。

「ねえさま！　会いたかった！」

「二人とも——ああ——もっとよく顔を見せて。大きくなったわね」

ぎゅっと抱きしめながら、アリアは喜びの声を上げる。

最後に会ったときは二人を楽に抱きしめられていたのに、今は抱えていられない。大きくなったのだ。

特にレイは背が伸びた。

まだまだ幼いところはあるが、その中にも王子らしい雰囲気を覗かせ始めている気がする。

ニーナもますます女の子らしく、この分なら数年経てば眩いほどの美しさになるだろう。

懐かしさと——再会できた嬉しさ。

思わず涙を零してしまいそうなほど感激していると、

「お久しぶりでございます、アリアさま」

傍らから、若い男の声がした。

アリアは顔を上げると、その男に微笑んだ。彼もまた、懐かしい顔だった。

「ありがとうベルノス。久しぶりね。二人をここまで連れてくるのは大変だったでしょう。我が儘を言って困らせなかったかしら」

「とんでもありません。お二人ともおとなしくしていらっしゃいました。アリアさまにお会いするのをよほど楽しみにしていらしたのでしょう」

アリアが礼を言うと、今回、二人の警護係として随伴しているベルノスが、恭しく頭を下げた。

ベルノスは、今年で二十二歳。五年ほど前からアリアたちの警護をしてくれている青年だ。

彼の父親が近衛兵の一人で、その縁でアリアたちとも知りあった。アリアも生国にいたころは、彼の真面目さや剣の腕の確かさを頼もしく思っていたし、ニーナもレイもとても懐いている。無口で、どちらかといえば無骨だが、人のよさが滲み出た風貌だからだろう。

そうしていると、小さくせきばらいの音がする。ジーグだ。

アリアは二人を抱きしめていた腕を解くと、ちょこちょこと服を直してやり、ジーグに向かいあわせた。

「ニーナ、レイ。ご挨拶(あいさつ)なさい。ジーグ殿下とその弟君のアルチェ殿下よ」

そして促すと、二人は小さく頷いて言った。

「このたびは、訪問を快くお許しいただきありがとうございます。お目にかかれて光栄です。ニーナです」

「はじめまして、レイです」

まだどこかおぼつかない様子ながら、神妙な面持ちで正式な礼の仕草をする二人に、ジーグが微笑んだ。

「会うのは初めてだな。ジーグだ。長旅疲れただろう。滞在中は姉上とゆっくり過ごされるがいい」

「「ありがとうございます」」

ジーグの言葉に、二人は丁寧に礼を述べる。

成長した妹弟に、アリアは胸がいっぱいになった。いつの間にかこんなに大きくなっていた。

すると直後。

「あるちぇです！　よろしくね！」

それまではジーグの隣でおとなしくしていたアルチェが、とうとう我慢できなくなった、というように声を上げる。

普段は人見知りするアルチェだが、アリアの妹や弟ということで、興奮したのだろう。

屈託のない弾けるような笑顔とその声に、ニーナもレイも目を丸くする。ジーグが苦笑しつつアルチェを窘めた。

「こら——アルチェ。そんなものの言い方があるか。ニーナ姫はお前よりも年上。レイ殿下はいずれテュールの王位に就かれる方だぞ」

「あ……。ごめんなさい……！」

途端、アルチェは狼狽えるように肩を竦める。可愛らしいその様子に、ジーグを前に緊張していたニーナとレイが、ふわりとリラックスした気配があった。

「こんにちは、殿下。ニーナです」

「レイです。よろしく」

そして笑顔でアルチェに挨拶する二人に、アリアも思わず微笑んだとき、

「今日の予定は、決めていたとおりでいいのか」

ジーグが尋ねてきた。

「はい」とアリアが頷くと、ジーグも頷き、側に控えているロワールに何事か告げる。警護の確認だろう。

弟たちが来ると決まってからというもの、ジーグは彼らが楽しく安全に過ごせるように心を砕いてくれていた。普段の忙しい仕事の合間にアリアの意見を聞き、楽しめそうな場所や

見るべき建物や史跡などを提案してくれている。

『お前の妹や弟なら、俺にとってもそうだ。お前がアルチェを弟のように思ってくれているように、俺もお前の妹たちを歓待したい』と、そう言って。

国のための結婚だと言われていたころから見れば、夢のようだ。アリアは今の幸せを噛みしめずにいられない。

すると、そのドレスがクイクイと引っ張られた。レイだ。

「これからどうするの？　ねえさま」

「一休みしたら、街を案内する予定よ。わたしが住んでいる街を、二人にも見せたいの」

「わあっ」

アリアの言葉に、二人の口から喜びの声が上がる。

「ねえねえ。ねえさま。市場は？　市場にも行く？　お買い物もできる？　わたし、お買い物をしてみたいの」

「そうね。街にはいくつか市もあるから、覗いてみることができるといいわね。でも警護の問題もあるから、無理は言わないでね」

「ベルノスが護ってくれるんじゃないの？」

「ベルノスは側にいてくれるけれど、それ以外にも大勢の人が護ってくれるのよ。二人が安全にいられるように、殿下が気にかけてくださっているの」

「そうなんだ……」

アリアが説明すると、レイは神妙な顔で頷く。自分たちが大切にされていることに改めて感激しているようだ。

「ありがたいことです」

すると、傍らからベルノスが言った。

「ここに来る途中も、国境を越えるか越えないかのうちにデルグブロデの警護の方たちが来てくださいました。姫さまや殿下を無事にここへお連れするため、万全の警護をしていたとはいえ、やはり名を知られたデルグブロデの警護兵の方々に来ていただけると安心感が違います。手配してくださったジーグ殿下のお心遣いには、どれほどお礼申し上げても足りないほどです」

普段はあまり口数が多くないベルノスがそこまで言うとは……と、アリアは驚くと同時にジーグを褒められた嬉しさにますます笑顔になる。

しかし、そんな嬉しい気持ちのまま、ちらりとジーグを見たアリアは、訝しさに小さく首を傾(かし)げずにいられなかった。

気のせいかもしれないが、同じようにこちらを見ていたジーグは、どことなく厳しい顔をしていたように見えたのだ。

(??)

どうしたのだろう？

ひょっとして、街の警護の件で問題が持ち上がったのだろうか。

もしそうならば、我が儘は言えない。ニーナやレイにも言って聞かせて、外出は取りやめにしなければ。

（わたしは二人の姉であっても、ジーグと結婚した身。彼とこの国のことが第一なのだから）

アリアは気を引きしめる。

ジーグが寛大だとはいえ、それに甘えきるわけにはいかない。

だが、ジーグは特にアリアに何を言うこともなくロワールと話を終えると、「楽しんでくるといい」と微笑む。

「……？」

アリアは再び首を傾げた。

ではあの表情は、見間違いだったのだろうか？

ともあれ、出かけられるとなれば、早速準備だ。

アリアはニーナとレイの手を取ると、「じゃあ、部屋へ案内するわ」と微笑む。

「わたしの部屋の隣にしてもらったのよ」

そして「ついてきてね」とベルノスにも目で合図すると、ジーグに挨拶をして部屋を出ようとする。しかしその寸前。

「ぼくもいく！」

声がした。アルチェだ。

驚いて目を向けたアリアたちのもとに駆け寄ってくると、アルチェは「ぼくもいく……」と繰り返す。

「アルチェ！」

「アルチェ……」

すぐさま叱るようなジーグの声が飛んだ。アリアも困惑の声を零すと、アルチェは縋るような瞳で続ける。

「もっとおはなししたいよ。それとね、それとね、ぼくもまちにいく！」

「……」

「だめ？　みんなといきたいです……」

「……」

予定外のことに、アリアは困ってジーグを振り返る。ジーグは憮然とした顔だ。怒った様子で、アルチェを引き戻しにやってきかけたとき。

「僕も、アルチェ殿下と一緒に行きたいです」

レイが声を上げた。

驚いて目を丸くするアリアの前で、レイはアルチェと手を繋ぐ。アルチェがぱっと微笑んだ。

レイはアリアを見上げて言った。

「僕も、一緒がいい。大勢の方がきっと楽しいよ」

「ま――待ちなさい、レイ。そんな勝手なことは――」

慌てて、アリアは言った。

もちろんアリアも、できることなら一緒に出かけたい。けれど、アリアとその妹、弟で外出するのと、アルチェも加えて外出するのとでは、警護の勝手が変わってくるだろう。注意しなければならない対象が増えるという単純な理由もあるが、何より――アルチェには秘密があるのだ。

アリアは知っているけれど、ニーナやレイは知らない秘密。彼もまた人狼だという秘密が。普段は耳も尻尾も上手く隠しているが、まだ幼いからなのか、病気で弱っているときや、逆に気持ちが昂ぶりすぎたときはそれらが出てきてしまうことがある。

警護の人たちも、それに注意しなければならないとなれば、大変だろう。

だがレイは、歳の近いアルチェと一緒に外出したいのか、「お願い、姉さま」とアルチェの手を握ったまま繰り返すばかりだ。そればかりか、「ニーナ姉さまからもお願いして！ベルノスもお願いして！」と周りを味方につけようとさえする。ニーナは気のない様子だが、ベルノスは苦笑している。

そんな弟に困りながらジーグに目を向け、再び、アリアは戸惑った。

彼の貌が、さらに硬くなっているように感じられたのだ。

アリアは慌てて小声で「やめなさい、レイ」と、弟を窘めると、

「……殿下」

そろそろとジーグに声をかけた。

レイの我が儘が却下されるのはともかく、せっかく快く妹たちを招いてくれた彼に不快な思いはさせたくない。

するとジーグは、はっと息を呑むようにしてアリアを見る。だが、何も言わない。それどころか、今までの会話も耳に入っていなかった様子だ。

アリアは戸惑いつつも、彼に事情を話した。

「殿下。その…アルチェ殿下も街に行きたがっているようなのですが……」

「ん？　ああ——そのようだな。まったく、我が儘なやつだ」

「にいさま！」

「だが、考えてみればこれは両国の若き王子同士が親睦を深める機会になるやもしれぬ。お前さえよければアルチェも連れていってやってくれぬか。姉妹水入らずでいたいと言うならば、無理にとは言わぬが……」

「そんなことは……。でも、よろしいのですか？」

「ああ。警備の者たちにも変更は伝えておく。気をつけて行ってくるといい」

ジーグは微笑むが、そうしていてもやはりどこか——不満そうというか、心ここにあらずというか——それまでの彼と違う様子だ。

（いったいどうしたのかしら……）

二人と手を繋ぎ、アルチェも連れて部屋へ向かいつつも、アリアの胸の中には疑問が残ったままだった。

◆
◆
◆

「気になりですか」

いつも仕事をする執務室。

一仕事終え、窓から外を見ていると、背後から不意に声をかけられた。

ジーグは微かに慄きつつもそんな素振りは隠して振り返ると、ロワールが書類を手にしたまま見つめていた。

ジーグは一つせきばらいすると、ロワールを睨む。

「……なんのことだ」

「妃殿下のことです。朝、妃殿下の妹君と弟君のご一行が到着されてからというもの、落ち着かれないご様子ですが」

「別に。気にしてなどおらぬ。警護はお前が手配したのだろう？　ならば漏れはないはずだ。違うか？　今更アルチェ一人が増えたところで、そうそう危険は――」

「そうではなく」

すると、ロワールは小さく苦笑した。

腹心の近臣であると同時に、幼いころから互いを知っているが故にできる表情だ。

ロワールはジーグを見つめたまま、静かに言う。

「あの、テュールからやってきた男のことです。妃殿下の妹君と弟君の警護役でやってきた――名は確かベルノスと呼ばれていましたか」

「……」

「妃殿下とも親しいご様子でした」

「弟や妹の警護をしている者なら当然だろう」

「以前は妃殿下の側にもいたようでございます」

「……」

「簡単にではございますが、お調べいたしました。父親はすでに死亡いたしておりますが、現王の近衛の職に就いていたようです。母は市井の者のようですが、実家は商人でそれなりに裕福だとか。そんな両親の三男のようです。兄の一人は父親と同じく近衛に、一人は官吏として務めているようでございます。真面目な性格で剣の腕も立ち、評判は上々の様子で」

「この短い時間によくそれだけ調べたな」

立て板に水、といった様子で話すロワールに、ジーグがわざとのように言うと、ロワールは「供の者たちに少し聞いてみただけでございます」と微笑む。

ジーグはその笑顔から、ふいと顔を逸らした。

「仕事熱心だな。だが、俺は別に、気になどしていない」

そして続けたが、その言葉が嘘だということはジーグ自身が誰よりわかっていた。

ロワールもわかっているから、「気になるのか」と尋ねてきたのだろう。

まったく——嫌になるほど聡いやつだ。

ジーグはロワールに見えないようにしながら、顔を顰める。

そう——。あの男を見たときも、自分は眉を寄せてしまった。

一国の王女と王子がやってくるのだから、警護の者や供の者たちが帯同してくることはわかっていた。

だが、その中にあんな男がいるとは思っていなかったからだ。

あんな——アリアが心からの信頼を示すような、懐かしい顔を見せるような、そんな男が。

だからつい、戸惑ってしまった。戸惑って、どんな顔をすればいいのかわからなかった。

思い出して憮然としていると、

「……殿下」

ロワールが苦笑混じりの声を零す。

ジーグは彼をむっと睨んだ。

「なんだ。俺はそんなにおかしい顔をしていたか」

「いえ。ただ少々——」

「どうした」

「話しかけづらいお顔を」

「わたくしは幸いにして殿下のことをよく存じております故」

ロワールは、ジーグを宥めるように言う。

ジーグは彼を見つめると、やがて、ふっと息をついた。

「……俺は、怖い顔をしていたか」

「少々」

「さっきもか。アリアもそう思っただろうか」

「敏感なお方ですので、何かしらの違和感は抱かれたのではないかと。出かけるときもお気になさっていたようですし」

「態度に出していないつもりだったのだがな」

ジーグは小さく溜息をつく。

「自分で思っているよりも…というやつか」

そしてぽつりと呟いた。

頭では、あんな男のことは気にする必要はないとわかっている。ただの警護役の男なのだ、と。

だから気にしないように努めたつもりだった。だが気持ちは——心は自分で思っていたよりも不器用だったようだ。

こんなことを気にするのはみっともないとわかっているのに、気にしてしまう。

アリアが愛しているのは自分なのだと、そう信じていても。

「滑稽だろうな」

自分で自分の気持ちがコントロールできず、ジーグは思わずぽつりとそう呟く。だが、ロワールは「いえ」と首を振った。

「むしろ喜ばしいことだと思っております。長くお側におりますが、とうとう殿下にも心から愛される方ができたのだと」

「……」

改めて言われると、恥ずかしい。

ジーグは、熱くなっている気がする頬を隠すようにして髪を掻き上げる。次いで小さく息をつくと、

「ロワール」

もう落ち着いた声で、誰より信頼できる男を呼ぶと、すぐさま「はい」と答えたロワールに続けた。

「お前の忠告、肝に銘じておく。だが言っておくが、俺にもわかってはいるのだからな。あの男は職務に忠実なだけ。アリアも特別な想(おも)いはない――とな。アリアの目を見ればわかるのだ」

「左様ですか」

「ああ。アリアが愛しているのは俺だ」

きっぱり言うと、

「そうでございましょう」と、ロワールが微笑む。

ジーグは頷くと、

「そこで――だ」

と、一歩踏み出して言った。

「明日の午後の予定はどうなっている」

「明日でございますか。明日の午後は西の街道の工事の件で、大臣との会合がございます」

「ではそれは午前にしろ。これからの仕事も、すべて前倒しだ。それが無理ならば後日にしろ。明日の午後に予定は入れぬ」

「お望みであれば、調整いたします」

「そうしろ。明日の午後からは俺も来賓の案内に務める」

ジーグは、妹や弟たちと出かけていったときのアリアのことを思い出しながら言った。楽しみにしていただろうに、どこか不安そうな顔だった。自分がつまらないやきもちを焼いて機嫌を損ねていたせいで、彼女を不安にさせてしまった。

あれではせっかくの妹弟との時間も楽しめないだろう。そんな思いをさせたままにはしたくない。機嫌を直して、彼女を安心させて、そして今日の分も彼女に楽しんでもらえるようにしたいのだ。

大切な大切な人だから。

するとロワールはジーグの思いをきちんと悟り、

「畏(かしこ)まりました」

と恭しく頭を下げる。

ジーグは深く頷いた。

◆
◆
◆

「ねえねえ！　ねえさま！　見て！」

　夕食後、部屋に戻り、街で買った小さな花飾りがいくつもついたブレスレットをしてみせると、ニーナはアリアに向けてひらひらと手を振ってみせる。

「すごく綺麗でしょう！　わたしこんなに綺麗な腕輪は初めて！」

「ええ、そうね。ああ――ほら、そんなに跳ねたら転ぶわ。おとなしくしないと」

「だってすごく綺麗なんだもの。もっと買いたかったなあ……。テュールにはないものばかりだったもの。ねえさまはいいなあ……ずっとここに住めて」

　すっかりデルグブロデを気に入ったらしいニーナの言葉に、アリアは小さく笑う。

　そしてちらりと目を向ければ、少し離れたソファの辺りでは、二人の王子が床に寝そべり、同じく、買ってきた古地図や古い本に見入っている。

「すごいね！　じゃあこのへんにざいほうがあるの？」

「うん。そう書かれてる。この辺りは昔、人が住んでいなかったから……誰かがやってきて隠したんだろうね」

「すごいすごい！　ぼく、ざいほうみてみたい！」

「僕も見てみたいよ。きっと綺麗なものがたくさんあるんだよ！」

どうやら、男の子同士で話が弾んでいるようだ。

街歩きをしているときもそうだった。

レイもアルチェも、歳の近い同性の知りあいができたことが嬉しかったのか、アリアやニーナはそっちのけで、ずっと楽しそうに話していた。

アリアは思わず笑みを零す。

レイもニーナも、デルグブロデをとても楽しんでいるようだ。

夕食も、敢えてこの国の名物料理を多く用意すると、二人とも興味深そうに――美味しそうに食べていた。特に、この国で採れる新鮮な果物を使ったデザートは気に入ったらしく、二人ともおかわりまでしていたほどだ。

滞在一日目は、二人にとってもいい一日になったらしい。

もちろん、アリアにとっても。

だが一つ――。

アリアはいまだに気がかりなことがあった。

他でもない、ジーグのことだ。

思い返し、アリアは顔を曇らせる。

弟たちが来てからというもの、なんとなく——彼の様子が変なのだ。

最初は気のせいかと思ったが、街に出かける挨拶をしたときも、彼は今一つ浮かない顔をしていた。

夕食も急な仕事で一緒に食べられないという話だったけれど、こうなると、別に理由があるのではないかと気になってしまう。

やはり迷惑だったのではないか——と。

アリアは三人を見つめながら思う。

(明日はどうしようかしら……)

予定では、朝ご飯のあとは城の中を案内するつもりだった。そして午後からはまた街に出ることにしていたけれど…それでいいのだろうか。

ジーグの迷惑にはならないだろうか?

アリアが悩み、顔を曇らせたそのとき。

ノックの音がしたかと思うと、ジーグが部屋に入ってくる。

途端、話していたニーナやレイが立ち上がり、頭を下げようとする。それを、ジーグが「そのままでいい」と言うように、軽く手を上げて制した。

そして彼はまっすぐアリアのもとにやってくると、側にいるニーナに向け「少しアリアと話をさせてくれ」と断りを入れる。

姉であるアリアの夫で、しかもこの国の王子であるジーグの思いがけない丁寧さに、ニーナは慌てたように真っ赤になると、こくこくと頷きながらその場から離れ、レイたちのもとへ向かっていく。

その背中を微笑んで見つめると、ジーグはソファに腰を下ろした。アリアの手を取ると、

「夕食を一緒に食べられなくてすまなかったな」

穏やかな口調で話し始めた。

「本当なら、今日どこへ行ったのか、どんなことをしたのか、みなからたくさん聞きたかったのだが……」

「お仕事なら、仕方がありません」

「そう――ではあるが、残念なことは確かだ。できれば今から聞かせて欲しいところだが、あいにくこのあとも予定がある。少し時間ができたのでこうしてやってきたが、すぐに戻らなければならぬ」

「今から…お仕事――ですか?」

「あと少しだ」

「……」

アリアは、不安に駆られながら、ジーグを見つめ返した。仕事が忙しいのはいつものこと

だけれど、こんなに夜遅くまでなんて滅多にない。その滅多にないことが、妹や弟が来ている今日起こるなんて。

「あの……殿下……」

迷ったものの、アリアはそろそろと切り出した。

「その、もしかしてご迷惑だったでしょうか。妹たちを…呼んだことは……」

周囲には聞こえないように、小さな小さな声で尋ねる。

途端、ジーグは驚いたように目を丸くした。

「まさか。何を言っている。どうしてそんな──」

「で──殿下のご機嫌が、あまりよろしくないご様子でしたので……」

「……」

「わたしの気のせいならいいのですが……」

アリアがさらに小さな声で言うと、ジーグはきつく眉を寄せる。

厳しい表情に、やはりそうだったのだ、とアリアが思った次の瞬間。

「アリア──」

さっと手を取られたかと思うと、立ち上がったジーグに引っ張られるようにしてアリアもソファから立ち上がらされる。そしてそのまま、バルコニーへと連れ出された。

妹や弟たちの声も聞こえなくなる。本当に二人きりになると、ジーグはようやっとアリアの手を離し、はーっと息をついた。

アリアは声も出せない。

怒られるのだろうか、と全身が緊張する。そのときだった。

「……すまなかった」

ぽつりと、ジーグが言った。

はっと見ると、彼はばつが悪そうな顔をしている。戸惑うアリアに、彼は続けた。

「不安にさせてすまなかった。だがお前が思っているようなことは一切ない。迷惑だとは露ほども思っていない。むしろ、アルチェの友ができて嬉しく思っているほどだ」

「で、ではわたしの勘違い…で……」

「いや」

「!?」

ジーグの言葉に、アリアは目を瞬かせる。ややあって、ジーグは彼にしては珍しく気まずそうに言った。

「確かに、些か普段と違っていただろう。機嫌が悪かったとは思いたくないが、少し、普通ではいられなかった。嫉妬したのだ、お前の国から来た、あの男に」

「ベルノスに……でございますか？」

「そうだ。いや——もちろんわかっているのだ。お前が俺を愛してくれていることは。お前が信頼しているとはいえ、あの男はただの警護役だということも。だが……嫉妬した」

「殿下……」

「昔のお前のことを知っていると思うと、羨ましくなった。俺はお前と出会ってまだ半年だ。だがあの男はそれ以前の、俺の知らないお前のことを知っているのだと思うと……羨ましいというか妬ましいというか悔しいというか……」

「……」

「俺の方が——俺が誰よりお前を愛しているのにと思うと、羨ましかったのだ。それで…嫉妬した。だから機嫌が悪く見えたのだろう。心配をかけて、不安にさせて、すまなかった」

ジーグは言うと、そっとアリアの腕に触れる。そのまま、そろりと抱きしめてきた。

抱擁は包むような柔らかさで——けれどそれは次第に、きついものに変わる。

アリアはされるままになりながら、ゆっくりと頭を振った。

「殿下…殿下——どうかお気になさいませんよう」

「許してくれるか」

「許すも何も……殿下がそんなに情熱的な方だとは思いませんでした。いえ、存じていましたが、それ以上だったのですね」

「お前はものの言い方が上手いな」

「思ったままを申し上げているだけです。ですからどうか——わたしの言葉はそのままを信じてくださいませ。わたしは、殿下だけを愛しております。今までも、今も、これからも」

「……ああ」

アリアの言葉にジーグは深く頷くと、そっと口づけてくる。

アリアが微笑むと、ジーグは再び口づけてくる。そして、秘密を打ち明けるようにして言った。

「明日は、午後から俺が街を案内しよう。そのために、仕事はすべて今日と明日の午前までに終わらせるつもりだ」

「殿下、では今夜のお仕事もそのせいで……？」

「そうだ。今日、お前たちが街に出かけたあと、反省したのだ。自分の態度を。お前もせっかくの街歩きを楽しめなかったのではないか？　もしそうなら、明日はその分まで楽しませると約束しよう。王子である俺が、国の自慢の場所を案内しよう」

「ああ——殿下……」

思いがけないジーグからの提案に、アリアは感極まった声を上げた。彼はそんなことまで考えてくれていたのだ。そのために、このあともまだ仕事をしようとしてくれて……。

「ありがとうございます、殿下」

そして静かに抱きしめ返すと、ジーグもアリアを抱く腕に力を込める。

やがて、彼が部屋を出ていってからも、アリアの胸の中には温かなものが残り続けていた。

◆　◆　◆

翌日、ジーグは言葉どおり、レイたちを様々な場所へと連れていってくれた。

まず案内してくれた郊外の遺跡は、昔は離宮として使われていたことから、秘密の抜け道をはじめとした不思議な工夫が今も残っており、レイは、目を輝かせて喜んでいた。アルチエもだ。

一方、ニーナはといえば、その後にジーグが案内してくれた貴族御用達の小間物屋や、様々な布地が売られている生地屋、前日訪れたところとはまた少し趣の違った市場に大喜びしていた。

どうやら、ジーグはいつの間にかニーナとレイが興味を持っていることを調べてくれていて、そこへ案内してくれたらしい。

散策の途中に買い求めた採れたて果物にその場でかぶりついたときには、普段なら絶対にできない経験に二人とも大興奮で、夕食が食べられなくなるのではとアリアが心配してしまうほど、いくつも美味しそうに食べていた。

城に戻ってからの夕食も、料理の素晴らしさはもちろんのこと、ジーグも一緒だったためもあり、前日以上に話が弾み、時間が経つのを忘れるほどだった。

ニーナとレイは眠りに落ちる寸前まで、この二日間のことを話しては「楽しかった」「面白かった」「まだ帰りたくない」と繰り返し、アリアは二人を眠らせるのに苦労しつつも、妹と弟のために心を砕いてくれたジーグに感謝せずにはいられなかった。


「ジーグ殿下、ねえさま、ありがとうございました」

そして帰国の朝。

レイとニーナはジーグとアリアを前に、心から満足した様子でぺこりと頭を下げた。

馬車には、ジーグが用意してくれたおみやげがたくさん積まれている。

そして気がつけば、一緒に来ていた供の者たちや、ベルノスをはじめとする警護の者たちも一様に満足そうだ。みな、この城での滞在を満喫したのだろう。

アリアは、想像していた以上に幸せで充実した三日間が過ごせたことを感じつつ、レイとニーナを抱きしめた。

「久しぶりに会えて嬉しかったわ。帰っても元気で過ごすのよ」

「はい」

「はい、ねえさま」

「父さまをよろしくね」

「「はい」」

重なる声は、一昨日再会したときよりも、ほんの少し大人っぽくなっているようにも聞こえる。

よその国を訪問するという、今までにない経験をしたせいだろう。

別れを惜しみながらも、生き生きとした表情を見せている二人に、アリアがしみじみしていると、

「またきてね！」

傍らにいたアルチェが声を上げる。どうやら、すっかり親しくなったようだ。

ニーナにもレイにもアルチェにも新しい友人ができたことを嬉しく思いつつ、アリアは二人が帰っていくのを見送った。


「――アリア」

そしてその日の夜。

湯浴みも終え、夜着を纏い、アリアがそろそろ休もうかと思っていると、部屋にジーグがやってきた。

街を案内してくれた彼は、そのせいでこの数日の仕事の予定がずれてしまい、今夜も夕食

を一緒にすることはできなかった。

妹と弟が帰ってしまったせいか、アルチェと二人だけの夕食は少し寂しかったけれど、それは仕方のないことだとアリアは思っていた。

ジーグはレイやニーナのために、そしてアリアのために仕事の調整をしてくれたのだから、と。

だから今夜も会えないだろうと思っていたのに。

いったいどうしたのだろうと思っていると、

「出かけるぞ」

ジーグに、さっと手を取られた。

「？　今からですか？」

もう月の出ている夜だ。

アリアは戸惑ったが、ジーグはアリアの手を取ったまま部屋を出ると、ずんずん廊下を歩き進む。

そして外へ出ると、「乗れ」と言うや否や、ふわりと狼（おおかみ）に変身した。

「で、殿下……？」

突然のことに、アリアはますます困惑する。だがジーグはじっと見つめてくるばかりだ。

言われるまま、アリアはそろりとジーグの背に腰掛けた。すぐさま、ジーグが走り出す。アリアは落ちないように、教えられているとおりにジーグの首に掴(つか)まった。

王子であるジーグに乗るなんて…と思うのだが、ジーグは案外アリアを背に乗せるのが好きらしい。結婚してからというもの、ジーグはアリアを背に乗せたがり、乗れるように教えてくれたのだ。

人間の姿のときも見とれるほど格好のいいジーグだが、狼の姿になったときには普段にも勝る高貴さが漂っている気がする。しなやかな体に、漲(みなぎ)る逞しさ。まさに、一国の王子にふさわしい姿なのだ。

風を切って疾走する姿も頼もしく、アリアは彼に乗っていると、ますます彼を好きになっていく気がする。

そのまま、どれほど走っただろうか。

ジーグは夜の野原を抜け、小さな木立を抜けると、やがて、小さな池の畔(ほとり)で足を止める。

ここに来たかったのだろうか？

アリアは、乗ったときと同じようにそっとジーグから下りる。

するとジーグは静かに人間の姿に戻った。月の光のもとの裸身は、まるで彫刻のようだ。

アリアは頬が熱くなるのを感じたが、慣れているのかジーグは平気で近づいてくる。そしてにっこりと微笑むと、

「見てみろ」

そう言いながら、池を指した。

言われるまま、アリアは池を覗き込む。次の瞬間、はっと息を呑んだ。

「これは……」

感嘆の声が漏れる。

月が映り、キラキラと光る水面。そしてその奥――池の底には、色とりどりの花が咲き、揺れていたのだ。まるで水底に花畑があるようなその光景に、アリアは瞠目する。

初めて見る「水の中に咲く花」。その幻想的な美しさに、驚くとともに感激がわき起こる。

「なんて綺麗な……」

「この時期だけ咲く花だ。しかも今夜は月が美しい。これほどよく見える夜も、そうはない」

「これを…殿下はこれをわたしに見せるために、ここへ？」

尋ねると、ジーグは照れたように笑う。それが何よりの答えだ。

「殿下――」

嬉しさに胸が熱くなるままジーグに抱きつくと、ジーグはそんなアリアを片腕に抱き、静かに言った。

「ここは、俺の一番好きな場所だ。おまえの妹や弟たちにはこの国の一番美しい場所や歴史のある場所、活気のある場所を見せた。だがお前には、それに加えて俺の一番好きな場所を見せたかった」

「殿下……」

感動に、声も出ない。

彼の特別な場所を、彼の一番好きな場所を自分に教えてくれたのだと思うと、ジーグの愛に胸がいっぱいになる。

そんなアリアをまっすぐに見つめ、ジーグは言った。

「アリア。今夜この場所で改めて誓う。俺はお前を愛している。お前は俺にとってかけがえのない存在だ。お前の昔を得ることはできぬ。だが——だからこそこれからのお前との時間を大切にしたい。お前が幸せにしているのを見ることが、俺の幸せだ。これからもずっと——お前を幸せにするよう努めると約束する」

「ジーグ…殿下……」

「愛しているのだ、アリア。お前を」

ジーグからの熱い告白に、アリアは涙が溢れるのを止められない。

「殿下……っ」

零れる涙もそのままにジーグを見つめ返し、抱きしめる腕に力をこめると、目の前の最愛の人は微笑んで深く頷く。

そのまま、ゆっくりと口づけられた。

最初は敬虔な誓いのようにそっと、優しく。

そして次第にその口づけは、より深い愛情を伴い、甘く変わっていく。

「は……っ」

二度、三度、四度と唇が重ねられるたび、熱を増していく口づけ。やがて、アリアはジーグに抱きしめられたまま、草の上に押し倒されていた。青く瑞々しい香りが、夜の気配に混じる。

「殿下――」

「名前を呼べ、アリア」

「ジーグ…殿下」

「ジーグでいい。呼んでみろ」

囁くと、ジーグはアリアの頬に口づけてくる。

「アリア。ジーグと呼んでくれ」

ジーグは促すようにアリアの額に口づけを落とす。

アリアはすぐ側にあるジーグの瞳を見つめ返すと、ややあって、

「……ジーグ……」

耳がじわりと熱くなるのを感じながら、小さな声で言った。

言った途端、ますます頬が熱くなる。そして身体の奥から言葉にできないぐらいの愛おし

さが込み上げてきた。

「ジーグ…ジーグ――ジーグ……」

夢中で繰り返すと、ジーグの笑みがますます深まる。そのまま深く口づけられ、アリアは大きく身を震わせた。

「ん……っ……んっ――」

挿し入ってきた舌に口内を舐られ、燃え始めていた官能を煽られる。息まで彼のものにされるかのようだ。

夢中でしがみつくと、やがてその口づけは身体へと移っていく。首筋、肩、鎖骨――乱された夜着に隠れていた胸もと――そして――。

「あアッ――」

大きく開かされた脚の間。すでに潤んでいたそこに口づけられた瞬間、アリアは一際高い声を上げて背を撓らせていた。

充血した小さな突起を刺激されるたび、快感の甘い痺れが、背筋を駆け抜けていく。そのまま舌先で擦るようにして舐められ、柔らかく吸い上げられると、身体の奥から温かなものが溢れ出してくる。

「あ……あ、あ、あアっ……！」

腰の奥で、熱がうねる。舐められるたびびくびくと脚が震え、掠れた声が漏れるのを止められない。

「ぁ、あ、あ……ジーグ……っ」

喉を反らして高い声を上げ、アリアは切なくジーグを呼ぶ。

このままでは快感の渦に巻き込まれるまま達してしまいそうだ。けれど一人では達したくない。彼とともに――彼と一緒に快感を分かちあいたい。

「ジーグ……もぅ……わたし……」

「気持ちがいいなら、そのまま達すればいい」

「い、え……わたし…わたし…あなたと……っ」

立て続けの快感に翻弄されつつもアリアは懸命に言葉を継ぐ。するとジーグはそっと顔を上げ、アリアを見下ろしてくる。アリアは肩で息をしたまま、ジーグを見つめ返した。

「あなたと、一緒に……」

腕を伸ばしゆっくりと抱き寄せ、抱きしめると、ジーグが息を吞む。

次いで彼は微笑んで口づけてきたかと思うと、もうすっかりとろけた花芯に触れてくる。確かめるようにしてそこを優しく愛撫すると、ゆっくりと両脚を開かされる。

次の瞬間、熱いものが押し当てられたかと思うと、潤んだ肉のあわいに、ジーグの逞しい肉茎が挿し入ってきた。

「つぁ……っ――」

もうすっかり馴染んだ——けれどいつまでも慣れることのない大きさに、アリアが思わず声を上げると、ジーグは気遣うように動きを止める。そして改めて、ゆっくりと腰を進めてきた。

「ぁ……ああ——ぁ——」

大きなものがゆっくりと入ってくる感触に、上擦ったあられもない声が漏れる。繋がっている部分から全身に快感が広がっていく。背が撓り腰がわななき、喉もとも露わにジーグを受け入れていると、その無防備な喉もとにキスが落ちる。

「は……ぁ……あァ……ッ……」

やがて、すべて埋められジーグが動き始めると、快感はますます増していく。気持ちがよくて気持ちがよくて、頭の芯が痺れるようだ。繰り返し突き上げられ、中を抉るようにして腰を使われ、そのたび、込み上げてくる悦びに嬌声が上がるのを止められない。

「ジーグ……ジーグ……っ…ぁ……」

「綺麗な肌だ——アリア。甘い香りだ。愛しい香りだ。俺の——アリア」

「ああっ——」

「もっと気持ちよくなればいい。気持ちよくしてやる。アリア——」

「ジーグ…っ……あ、ぁあぁ……っ」

ジーグが激しく穿つたび、繋がっている部分がグチュグチュと淫らな音を立てる。恥ずかしいのに、その音にすら感じてしまう。アリアは夢中でしがみつくと、ジーグの背に爪を立てた。

彼の汗――香り――熱――。すべてが好きだ。好きで好きで、どうすればいいのかわからない。

彼の熱を体奥に感じるたび、彼と一つになっている悦びに涙が込み上げる。ますます強く抱きしめると、きつく抱きしめ返された。

「愛している――愛している、アリア――」

「ジーグ…ぁ…あ…ジーグ……っ」

「アリア……っ――」

「あ……あ、あ、ああッ……！」

そして一層深く穿たれたその瞬間。

灼けるような快感が背筋を突き抜け、アリアは高い声を上げて達していた。

頭の中が真っ白になる。

直後、ジーグの身体が大きく震え、一際強く抱きしめられたかと思うと、温かなものが体奥に飛沫いた。

乱れた息のまま見つめあうと、どちらからともなく唇が重ねられる。涙の滲んだアリアの目尻に、ジーグのキスが落ちる。

「幸せにする。……必ずだ」

そして囁くジーグにアリアはまた涙を零しながら頷く。

月明かりのもと、二人は一層強くなった愛を――これからも永遠に続く愛を誓いあうように、幾度も口づけあい、愛を伝えあい続けた。

END

あとがき

こんにちは、もしくははじめまして。桂生青依です。

このたびは本書をご覧くださいまして、ありがとうございました。

今回は、人狼王子と純真可憐な王女とのラブストーリーとなりました。

政略結婚から始まった二人がぎこちなくもゆっくりと惹かれ合っていくその様子は、書いていてもとてももどかしく、じれったかったのですが、その分想いが通じ合ったときはこちらまで嬉しくなるほどでした。

その後の二人を書いた番外では、それぞれの弟や妹たちの様子もたくさん書くことができて、とても楽しかったです。

皆様にも楽しんでいただけますように。


そしてお礼を。

イラストを描いてくださったたなま先生、本当にありがとうございました。アリアの王女らしい初々しさや純真さ、ジーグの人狼らしい猛々しさや王子ならではの高貴さの伝わってくるイラストはとても素敵で、ラフを拝見したときから大感激でした。アルチェも可愛らしくて、見るたび嬉しくてたまりません。

心よりお礼申し上げます。

また、的確で丁寧なアドバイスをくださる担当様、及び本書に関わってくださった皆様にもこの場を借りてお礼申し上げます。

ありがとうございます。これからもよろしくお願いいたします。

そして何より、いつも応援くださる皆様。本当にありがとうございます。

今後も皆様に楽しんでいただけるものを書き続けていきたいと思っていますので、引き続き、どうぞよろしくお願いいたします。

読んでくださった皆様に感謝を込めて。

桂生青依　拝

桂生青依先生、なま先生へのお便り、
本作品に関するご意見、ご感想などは
〒101-8405
東京都千代田区三崎町2-18-11
二見書房　ハニー文庫
「政略結婚の顛末～姫が人狼王子に嫁いだら？～」係まで。

本作品は書き下ろしです

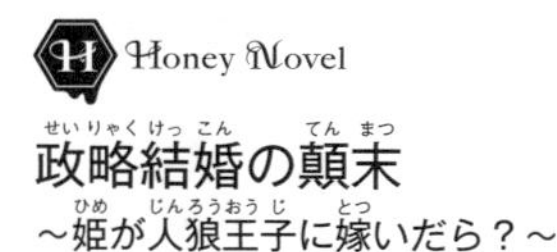

政略結婚の顛末
～姫が人狼王子に嫁いだら？～

【著者】桂生青依

【発行所】株式会社二見書房
東京都千代田区三崎町2-18-11
電話　03(3515)2311［営業］
　　　03(3515)2314［編集］
振替　00170-4-2639
【印刷】株式会社　堀内印刷所
【製本】株式会社　村上製本所

落丁・乱丁本はお取り替えいたします。
定価は、カバーに表示してあります。

ISBN978-4-576-16109-9

http://honey.futami.co.jp/